FRANKENSTEIN

SPANISH EDITION

MARY SHELLEY

EDITED BY
ADAPTIVE READER

ISBN: 979-8-8692-6651-4 (paperback)

ISBN: 979-8-8692-6652-1 (ebook)

CONTENTS

INTRODUCTION

Bienvenido a Adaptive Reader, una puerta de entrada al fascinante mundo de la literatura, construido para ajustarse de manera personalizada a tus habilidades lectoras. En un ambiente de aprendizaje dinámico y diverso como el de hoy, creemos en el poder de las experiencias de aprendizaje personalizadas. Ahí es donde entra el concepto de lectura por niveles, y por qué nosotros, en Adaptive Reader, nos hemos dedicado a ofrecer una amplia colección de novelas clásicas ajustadas a diferentes niveles de lectura. Nuestra misión es hacer que el placer y los beneficios de leer sean accesibles para todos.

LOS BENEFICIOS DE LOS TEXTOS POR NIVELES

Entonces, ¿qué es exactamente la lectura por niveles? Es un enfoque que vincula a los estudiantes con textos que se ajusten a sus habilidades lectoras . Esto asegura que cada lector pueda asimilar justo la cantidad adecuada de contenido, el suficiente para crecer, pero no tanto que se sientan abrumados o frustrados.

Para los estudiantes significa que interactúan con textos que fomentan sus habilidades lectoras mientras disfrutan de una experiencia agradable y flexible Ganarán confianza a medida que comprendan con éxito cada nivel y se sentirán motivados para explorar textos más desafiantes y complejos en la medida que sus habilidades lectoras crezcan.

Para los profesores, Adaptive Reader proporciona una herramienta valiosa en el apoyo a la instrucción diferenciada. Pueden asignar la misma novela a toda la clase mientras se aseguran de que cada estudiante lea una versión que se ajuste a su nivel de lectura. Esto permite que todos los estudiantes participen en discusiones y actividades de la clase, fomentando un ambiente de aprendizaje más inclusivo.

Para los padres, Adaptive Reader ofrece una herramienta de apoyo al desarrollo del hábito de lectura en sus hijos . A medida que progresan a través de los diferentes niveles de una novela, no solo mejorarán sus habilidades lectoras sino que también desarrollarán gradualmente su amor por la literatura.

LEYENDO A TRAVÉS DE VARIAS EDICIONES

Todas nuestras novelas por niveles incluyen marcadores de pasajes que corresponden al mismo contenido en cada una de nuestras ediciones. Esto significa que el pasaje '62' en nuestra edición plata contiene los mismos temas y elementos de trama que el pasaje '62' en nuestra edición original.

Para los profesores, esto representa que pueden decir "veamos juntos el pasaje 35. ¿qué nos está tratando de decir el autor aquí?" y todos sus estudiantes estarán leyendo el mismo contenido — pero con un vocabulario y sintaxis que está adaptada a su nivel de lectura.

Nuestra herramienta de lectura en línea, disponible en www.adaptivereader.com, brinda a estudiantes y profesores acceso gratuito al texto original con marcadores de pasajes. Alentamos a los profesores a incluir lecturas detalladas del texto original como parte de su curso, dando a todos los estudiantes la posibilidad de disfrutar de la rica sintaxis y el lenguaje original de estos autores excepcionales.

En Adaptive Reader, estamos comprometidos a ayudar a todos a experimentar el poder de la literatura. Así que si eres un estudiante sumergiéndote en una novela clásica, un profesor buscando recursos flexibles, o un padre buscando maneras de apoyar el crecimiento cultural de tu hijo, Adaptive Reader está aquí para ti.

Te invitamos a embarcarte en este emocionante viaje literario con nosotros. Disfruta del mundo de historias, personajes e ideas que te esperan en nuestra colección de novelas por niveles. ¡Feliz lectura!

LETTER 1

Estimada Sra. Saville,

San Petersburgo, 11 de diciembre de 17—.

Tengo buenas noticias que compartir contigo. No ha habido ningún problema al comienzo de mi viaje, a pesar de tus preocupaciones. Llegué sano y salvo ayer y quería informarte que me encuentro bien y cada vez más seguro del éxito de mi misión.

Ya estoy muy al norte de Londres. Mientras camino por las calles de Petersburgo, siento una brisa fría en mi rostro. Me hace sentir fuerte y feliz. ¿Puedes imaginar esta sensación? La brisa viene de los lugares a los que me dirijo, por lo que me da un sabor del clima frío de allí. Esto me emociona aún más y me llena de esperanza en mis planes. No puedo evitar imaginar el Polo Norte como un lugar hermoso y sorprendente, a pesar de que la gente dice que está congelado y desolado. En mi mente, es una tierra de belleza y felicidad. En ese lugar, Margaret, el sol nunca se pone. Siempre brilla en el horizonte, dándole a todo un resplandor intenso. Creo en lo que los exploradores anteriores han dicho. En ese lugar, no hay nieve ni escarcha. El mar está en calma, y podemos navegar hacia una tierra que es más sorprendente y hermosa que cualquier otro lugar conocido. Esta tierra puede tener cosas que nunca hemos visto antes, al igual que las estrellas y planetas en las partes inexploradas del cielo. ¿Qué maravillas podemos esperar en una tierra de luz eterna? Tal vez descubriré el increíble poder que hace que la brújula señale al norte. Tal vez haga observaciones importantes sobre las estrellas y planetas que nos ayudarán a entenderlos mejor. Estoy tan curioso por ver esta parte del mundo que nadie ha visto antes. Es como una tierra sobre la que nadie ha caminado. Estos pensamientos son tan emocionantes que superan cualquier temor al peligro o la muerte. Me hacen querer comenzar este largo y difícil viaje con la misma alegría que siente un niño al aventurarse con amigos. Incluso si lo que imagino resulta ser incorrecto, no puedes negar las cosas maravillosas que puedo descubrir. Encontraré una forma para que la gente viaje a esos países cerca del Polo Norte mucho más rápido. Ahora mismo, lleva muchos meses hacerlo. Y desvelaré los secretos del imán, si es posible. Eso solo puede suceder si me embarco en un viaje como este.

Estos pensamientos me han calmado. ¡Ahora tengo un objetivo en el que enfocarme! Realizar este viaje siempre ha sido mi sueño favorito desde que era joven. Leí con gran pasión sobre los numerosos viajes que se han realizado con la esperanza de llegar al Océano Pacífico Norte a través de los mares polares. Quizás recuerdes que nuestro tío Thomas tenía toda una biblioteca llena de libros sobre esos viajes. Esos libros se convirtieron en mi inspiración, pero mi padre prohibió a mi tío que me permitiera embarcar en uno de esos viajes.

A medida que descubría las obras de los grandes poetas, sus palabras hermosas me cautivaron y me transportaron a otro mundo. Sin embargo, en ese momento, heredé la fortuna de mi primo y mis pensamientos regresaron al camino que siempre había deseado seguir.

Estos pensamientos me han tranquilizado. ¡Ahora tengo un objetivo en el que centrarme! Realizar este viaje siempre ha sido mi sueño favorito desde que era joven. Leía con gran pasión sobre los muchos viajes que se han realizado con la esperanza de llegar al océano Pacífico Norte a través de los mares polares. Tal vez recuerdes que nuestro tío Thomas tenía toda una biblioteca llena de libros sobre estos viajes. Esos libros se convirtieron en mi inspiración, pero mi padre había prohibido que mi tío me permitiera ir en uno yo misma.

A medida que descubrí por primera vez las obras de los poetas, mis sueños de convertirme en poeta comenzaron a desvanecerse. Sus hermosas palabras me cautivaron y me transportaron a otro mundo. Sin embargo, justo en ese momento, heredé la fortuna de mi primo y mis pensamientos regresaron al camino que siempre había querido seguir.

Este es el mejor momento para viajar en Rusia. Van rápido sobre la nieve en sus trineos; se siente agradable y, en mi opinión, mucho mejor que viajar en una diligencia inglesa. El frío no es tan malo si llevas ropa de piel, como ya llevo puesta. Hay una gran diferencia entre caminar y quedarse quieto durante horas, cuando no te mueves tu sangre podría realmente congelarse. No quiero arriesgar mi vida en el camino entre San Petersburgo y Arcángel.

En dos o tres semanas, iré a Arcángel. Planeo alquilar un barco allí, lo cual es fácil de hacer pagando por el seguro del dueño. Contrataré marineros que estén acostumbrados a la pesca de ballenas, tantos como necesite. Sin embargo, no zarparé hasta junio. ¿Y cuándo volveré? Oh, querida hermana, no puedo responder esa pregunta. Si tengo éxito, podrían pasar muchos meses, tal vez incluso años, antes de que volvamos a vernos. Si fracaso, volveré pronto, o quizás nunca.

Adiós, mi querida y maravillosa Margaret. Espero que seas bendecida por el cielo, y espero regresar para poder mostrar mi gratitud por todo tu amor y amabilidad.

Con amor,

R. Walton.

LETTER 11

6   A mi querida señora Saville, Inglaterra.

Archangel, 28 de marzo de 17—.

El tiempo parece no pasar aquí, rodeado de temperaturas congelantes y nieve. Pero he progresado hacia mi objetivo. He encontrado un barco y ahora estoy ocupado reuniendo a mis marineros. Los que he contratado hasta ahora parecen confiables y valientes.

7   Pero hay un deseo que nunca he podido cumplir, y ahora siento su falta como un gran problema. No tengo un amigo, Margaret. Cuando me llene de emoción y éxito, no habrá nadie con quien compartir mi alegría. Y si llega la decepción, no habrá nadie para apoyarme. Necesito a alguien que comparta mis intereses, para aprobar o mejorar mis planes. ¡Cuánto solucionaría eso los errores de tu pobre hermano! Soy demasiado impaciente para empezar y demasiado impaciente ante las dificultades. Pero el problema más grande para mí es que soy autodidacta. Hasta los catorce años, pasaba mi tiempo al aire libre y solo leía los libros de viajes del tío Thomas. Sólo más tarde, cuando ya no podía beneficiarme de ello al máximo, me di cuenta de que necesitaba aprender otros idiomas

además del mío. Ahora tengo veintiocho años, pero en realidad estoy menos educado que muchos estudiantes de quince años.

Bueno, estas son quejas sin sentido. No encontraré un amigo ni en el vasto océano ni aquí en Arcángel, entre comerciantes y marineros. Sin embargo, incluso en estos corazones endurecidos, anidan buenas aptitudes. Mi teniente, por ejemplo, es valiente y decidido. Lo conocí en un barco ballenero. Cuando descubrí que estaba sin trabajo, lo convencí fácilmente para que se uniera a mí proyecto.

El capitán es una persona gentil, y en el barco es conocido por ser amable y considerado al dar órdenes. Su buen carácter y valentía intrépida hicieron que quisiera contratarlo como parte de mi equipo. Crecí solo y pasé mis años más jóvenes en un entorno amoroso y cuidadoso contigo, lo que hizo que me disgustara la usual dureza y violencia que es común en los barcos. Nunca creí que fuera necesario. Así que cuando supe de un marinero que era conocido por tratar a su tripulación con amabilidad y respeto, me sentí afortunado de que accediera a trabajar conmigo.

La primera vez que supe de él fue de una manera romántica a través de una señora que le debe su felicidad. Aquí tienes una breve versión de su historia. Hace unos años, él amaba a una joven rusa que no era muy rica. Él había ganado mucho dinero por recompensas en el mar, y el padre de la chica aceptó dejarlos casarse. Pero antes de la boda, vio a su prometida llorando y suplicando. Ella confesó que amaba a alguien más, pero era pobre y su padre no aprobaría su relación. Nuestro amigo de buen corazón la consoló y, al conocer el nombre de su verdadero amor, decidió dejarla ir. Ya había comprado una granja con su dinero, planeando pasar el resto de su vida allí. Pero en vez de eso, le dio todo a su rival, incluyendo el resto de su dinero por recompensas, para que pudieran comprar animales y comenzar una vida juntos en la granja. Y luego le pidió al padre de la chica que la dejara casarse con el hombre que amaba. Pero el padre se negó porque sentía que estaba en deuda con nuestro amigo. En respuesta, nuestro amigo dejó su país natal y sólo regresó cuando se enteró de que su antiguo amor se había casado con el hombre que realmente amaba. "¡Qué persona asombrosa!" podrías decir. Y realmente lo es. Pero es importante destacar que no es una persona culta. Es muy reservado y parece descuidado en su forma de ser, lo que limita un poco la admiración y simpatía que pudiera sentir por él, sin embargo eso hace que sus aptitudes sean aún más sorprendentes.

10   Aunque pueda quejarme a veces e imaginar un consuelo en mi arduo trabajo, que tal vez nunca experimenté, esto no significa que estoy inseguro acerca de mis decisiones. Esas decisiones son firmes y tal vez pueda navegar antes de lo previsto. Sin embargo, no me expondré a ningún riesgo..

11   Estoy emocionado y un poco asustado por la aventura en la que estoy a punto de embarcarme. No puedo explicar completamente la mezcla de emociones que siento. Me dirijo a lugares desconocidos, a una tierra llena de niebla y nieve. Pero no te preocupes, no cometeré errores que podrían ponerme en peligro, como el personaje en la historia de "Ancient Mariner". Puede que te resulte divertido que lo mencione, pero tengo un secreto que compartir. Creo que mi gran interés y entusiasmo por los misterios del océano provienen de leer las obras de ese poeta moderno e imaginativo. Hay algo dentro de mí que no puedo comprender del todo. Soy trabajador y dedicado a mis tareas, pero también hay una parte de mí que ama lo extraordinario y cree en cosas insólitas. Es esta parte la que me lleva lejos de lo común, hacia el mar indómito y los territorios inexplorados que estoy a punto de descubrir.

12   Pero volvamos a cosas más importantes ahora. ¿Volveré a verte después de navegar por vastos océanos y regresar desde el punto más lejano al sur de África o América? No quiero hacerme demasiadas ilusiones, pero no soporto pensar en un resultado diferente. Por favor, sigue escribiéndome cada vez que puedas: puede haber momentos en los que realmente necesite tus cartas para levantar mi ánimo. Te quiero mucho. Por favor, recuérdame con cariño, incluso si nunca vuelves a saber de mí.

Con amor,
Robert Walton.

LETTER III

13 A la señora Saville, Inglaterra.

Mi querida hermana, 7 de julio de 17—.

Escribo una nota rápida para informarte que estoy bien y avanzando en mi viaje. Afortunadamente, esta carta llegará a Inglaterra en un barco que regresa de Arcángel. Es posible que no pueda ver nuestra tierra natal durante muchos años, pero me siento positivo. Mi tripulación es valiente y decidida, no está asustada por las láminas de hielo que vemos flotando. Son señales de los peligros que tenemos por delante.

Todavía no ha sucedido nada emocionante que deba contar.

Adiós, querida Margaret. Ten la seguridad de que me cuidaré del peligro, por el bien de ambos. Mantendré la calma, la persistencia y la cautela.

14 Pero lo lograré. ¿Por qué no? He llegado hasta aquí, navegando por los vastos mares desconocidos. Incluso las estrellas han sido testigos de mi triunfo. Entonces, ¿por qué no seguir adelante sobre el salvaje, pero controlable océano? ¿Qué puede detener a una persona decidida y de fuerte voluntad?

Mi corazón se desborda con estos pensamientos. Pero debo terminar aquí. ¡Que Dios bendiga a mi querida hermana!

R. W.

LETTER IV

A Mrs. Saville, Inglaterra.

5 de agosto de 17—.

Algo muy extraño nos sucedió, y quiero escribirlo aunque probablemente me verás antes de recibir esta carta.

El lunes (31 de julio), había mucho hielo y niebla alrededor de nuestro barco, cercándonos por todos lados. No teníamos mucho espacio para navegar. Era un poco peligroso, así que nos quedamos quietos, esperando que el clima cambiara.

Alrededor de las dos en punto, la niebla desapareció y vimos enormes e irregulares bloques de hielo extendiéndose en todas las direcciones. Parecía que se extendían hasta el infinito. Algunos de mis amigos se quejaron y yo empecé a preocuparme. Pero entonces algo extraño captó nuestra atención y nos hizo olvidar nuestra propia situación. Vimos un pequeño carruaje en un trineo, tirado por perros, dirigiéndose hacia el norte a medio kilómetro de distancia. Había alguien, muy alto, sentado en el carruaje. Utilizamos nuestros telescopios para observar al viajero que se alejaba rápidamente hasta que desapareció en la distancia, entre los montículos de hielo.

Esto fue realmente sorprendente para nosotros. El hielo nos impidió ver hacia dónde fue, aunque observamos con atención.

Después de dos horas, quedamos libres, pero optamos por permanecer inmóviles toda la noche porque no queríamos chocar contra los grandes trozos de hielo que flotaban en la oscuridad. Aproveché este tiempo para descansar algunas horas.

Con la luz del amanecer, fui a la cubierta y vi a los marineros hablando con alguien que estaba en el agua. Se trataba de una persona que estaba dentro de un trineo al que solo le quedaba un perro vivo. El trineo era como el que vimos anteriormente y se había acercado a nosotros durante la noche, sobre un gran pedazo de hielo. El hombre era de Europa. Cuando el capitán me vio, dijo: "Este es nuestro capitán y no te permitirá morir en el mar abierto".

Cuando el desconocido me vio, me habló en inglés, pero con un acento diferente. "Antes de subir al barco", dijo, "¿puede por favor decirme hacia dónde se dirigen?".

Puedes imaginar cuán sorprendido quedé cuando un hombre, en peligro y sin ninguna otra opción, me preguntó hacia dónde se dirigía nuestro barco. Pensé que cualquiera en su situación consideraría a mi barco como un salvavidas y no querría nada más en el mundo. Aun así, le respondí honestamente diciendo que estábamos explorando la parte norte del mundo.

Al escuchar mi respuesta, pareció satisfecho y aceptó subir a nuestro barco. Oh, Margaret, si solo hubieras podido ver en qué estado se encontraba este hombre. Lo envolvimos en mantas y lo colocamos cerca de la estufa de la cocina para que se calentara, luego comió un poco de sopa. Gradualmente fue recuperando fuerzas y se comenzó a notar su mejoría.

Pasaron dos días antes de que pudiera hablar. Me preocupaba que su sufrimiento le hubiera quitado la capacidad de comprender. Cuando empezó a mejorar, lo llevé a mi camarote y cuidaba de él siempre que podía. Su presencia era fascinante. Me costaba mucho evitar que la tripulación lo acosara con preguntas, ya que su cuerpo y su mente necesitaban paz y tranquilidad para sanar.

A pesar de esto, una vez el teniente le preguntó por qué había llegado tan lejos, en un vehículo tan peculiar, de golpe su rostro se volvió increíblemente triste y respondió: "Para encontrar a alguien que se escapó de mí".

"¿Y la persona que perseguías viajaba de la misma manera?"

"Sí".

"Entonces creo que lo vimos. Un día antes de encontrarte, vimos en el hielo a un hombre sobre un trineo tirado por algunos perros".

Esto llamó la atención del desconocido e hizo muchas preguntas sobre el camino que el "demonio", como él lo llamaba, había tomado. Más tarde, cuando estábamos solos, él dijo: "Estoy seguro de que he despertado tu curiosidad, así como la de estas amables personas, pero eres demasiado educado para preguntar".

"Por supuesto, sería grosero y poco amable de mi parte indagar".

"Y sin embargo, me salvaste de una situación extraña y peligrosa; amablemente me trajiste de vuelta a la vida".

Después de eso, me preguntó si creía que el otro trineo había sido destruido al partirse el hielo. Le dije que no podía estar seguro porque el hielo se rompió en la medianoche, y el viajero podría haber alcanzado la seguridad antes de esa hora. Por eso no podía decirlo con certeza.

Desde entonces, el desconocido ha mostrado una nueva energía para la vida. Está ansioso por estar en cubierta, esperando que aparezca el trineo. Pero lo convencí de que se quedara en la cabaña porque todavía está demasiado débil para salir al frío exterior. Le prometí que alguien se quedaría vigilando y le informaría de inmediato si algo nuevo apareciera a la vista.

Aquí está lo que ha sucedido hasta ahora con este extraño suceso. La salud del desconocido ha ido mejorando, pero no habla mucho y parece preocupado cuando alguien que no soy yo entra a su habitación. Sin embargo, es muy amable y de buen corazón. Siento simpatía y compasión por él porque siempre está triste. Debe haber sido una persona impresionante en el pasado, y aún ahora, a pesar de estar en ruinas, sigue siendo encantador y agradable.

Anteriormente mencioné, querida Margaret, que no encontraría un amigo en el vasto océano. Sin embargo, he encontrado a un hombre al que habría estado feliz de llamar hermano.

Seguiré escribiendo sobre el desconocido en mi diario cada vez que haya nuevos eventos que reportar.

13 de agosto, 17—.

Mis sentimientos de amor por mi huésped se hacen más fuertes cada día. Me asombra y entristece profundamente cuánto ha sufrido. Me parte el corazón ver a una persona tan noble destruida por la miseria. Es gentil pero sabio, y su mente está bien educada. Cuando habla, elige cuidadosamente sus palabras, pero habla rápido y con una habilidad increíble.

Ahora se encuentra mucho mejor y pasa mucho tiempo en cubierta, esperando a que aparezca el trineo. Aunque está triste aún, presta atención a lo que hacen los demás. Le he contado con sinceridad todos mis planes. Escuchó atentamente cada detalle sobre los pasos que di para hacer realidad mi plan, mis razones para creer que tendré éxito y a todo lo que estoy dispuesto a renunciar por mi proyecto: mi dinero, mi vida y todas mis esperanzas. Su comprensión y simpatía me hicieron hablar desde el corazón.

Le dije que creo que la vida o la muerte de una persona sería un costo pequeño por el conocimiento que esperaba alcanzar y el poder que obtendría. Mientras hablaba, su rostro se oscureció y se volvió sombrío. Al principio, intentó ocultar sus sentimientos cubriéndose los ojos con las manos. Pero pude ver lágrimas cayendo. Soltó un profundo suspiro desde su pecho oprimido. Dejé de hablar. Finalmente, habló con voz temblorosa, diciendo: "¡Hombre desdichado! ¿Estás tan loco como yo? ¿También has probado la bebida embriagadora? Escúchame, te contaré mi historia y te negarás a beber de esa copa".

Tales palabras, podrías pensar, me despertaron mucha curiosidad. Pero el desconocido estaba abrumado por la tristeza y necesitó varias horas de descanso y una conversación tranquila para recobrar el control de sus emociones.

Parecía estar molesto por no poder controlar sus sentimientos. Una vez que se serenó, comenzó a preguntar sobre mi infancia y rápidamente le conté mi historia. Le hablé sobre mi deseo de encontrar un amigo, alguien con quien tener mucha empatía. Le dije que creía que no tener este tipo de amistad, haría infeliz a una persona.

"Estoy de acuerdo contigo", dijo el desconocido. "Somos seres incompletos si no tenemos a alguien más sabio y mejor que uno, alguien querido para ayudarnos a mejorar. Una vez tuve un amigo que fue la mejor persona que he conocido, así que puedo juzgar lo que es la amistad. Tú aún tienes esperanza y toda tu vida por delante, así que no tienes motivos para desesperarte. Pero yo... he perdido todo y no puedo comenzar de nuevo".

Mientras decía esto, su rostro mostraba una profunda tristeza que conmovió mi corazón. Pero no dijo nada más y regresó a su cabaña.

Aunque se nota quebrantado y triste, todavía es capaz de apreciar la belleza de la naturaleza. Tiene una existencia dual. Ha pasado por momentos difíciles y se siente decepcionado, pero cuando está solo, se convierte en un espíritu celestial. Un esplendor especial lo envuelve, que mantiene alejada la tristeza y la tontería.

¿Crees que estoy demasiado emocionado cuando hablo de este increíble viajero? Si lo vieras, no lo pensarías así. He estado tratando de descubrir qué lo hace tan superior a cualquier otra persona que conozco. Creo que es porque puede entender las cosas rápidamente. Su conversación también es muy amena.

19 de agosto, 17—.

Ayer, el desconocido me dijo: "Puedes ver, capitán Walton, que he experimentado desgracias terribles, inimaginables. Había decidido llevarme este secreto a la tumba, pero tú me has convencido de lo contrario. Como tú estás en una búsqueda de conocimiento y sabiduría, yo creo que puedes encontrar una valiosa lección en mi historia. Te podría guiar si tienes éxito en tu misión y brindarte consuelo en caso de fracaso. Prepárate para escuchar sobre algunos hechos extraordinarios".

25 Estaba realmente contento cuando él se ofreció a contarme su historia. Pero no quería que sufriera recordando sus tristes experiencias. A pesar de que yo tenía mucha curiosidad, estaba preocupado por su situación y quería ayudarle. Así se lo hice saber.

"Gracias", dijo, "por preocuparte, pero no hará ninguna diferencia. Mi destino está casi completo. Solo estoy esperando que suceda una última cosa y luego podré descansar por fin. Entiendo tu preocupación", agregó, viendo que yo quería decirle algo. "Pero estás equivocado si crees que algo puede cambiar lo que me va a pasar a mí. Déjame compartir mi historia contigo, y verás cómo ya está decidido".

26 Me dijo que comenzaría su historia al día siguiente cuando tuviera tiempo libre. Le agradecí calurosamente por esta promesa. Todas las noches, si no estoy demasiado ocupado con mis deberes, intentaré contarte al detalle lo que él me relatará. Su historia debe ser extraña y angustiante.

CHAPTER 1

Nací en Génova y mi familia es muy respetada allí. Mis antepasados ocuparon cargos importantes en el gobierno, mi padre también ocupó cargos públicos y lo hizo con honor. Todos los que lo conocían lo respetaban por ser honesto y trabajador. La mayor parte de su juventud la pasó enfocado en los asuntos de su país. Diferentes factores influyeron en su matrimonio tardío.

La historia del matrimonio de mi padre es un poderoso testimonio de su carácter, y deseo compartirla contigo. Uno de sus íntimos amigos, el comerciante Beaufort, por diversos problemas terminó en la pobreza. Entonces se refugió con su hija en Lucena, un pequeño pueblo donde vivían en la pobreza y el anonimato. Profundamente preocupado por el infortunio de Beaufort, mi padre lo buscó con el firme propósito de ofrecerle su apoyo para comenzar de nuevo.

Beaufort se aseguró de esconderse bien, por lo que a mi padre le llevó diez meses encontrarlo. Estaba emocionado cuando finalmente descubrió dónde vivía. Sin embargo, encontró a su amigo sumido en la miseria y la desesperación. Beaufort solo había logrado salvar una pequeña cantidad de dinero, que era suficiente para ayudarlos a sobrevivir durante unos meses. Durante ese tiempo, esperaba encontrar un trabajo decente en la casa de algún comerciante, desafortunadamente no lo encontró y cuanto más tiempo tenía para pensar en su situación, más crecía su dolor. Después de tres meses, se enfermó y no pudo hacer nada.

Su hija, Caroline Beaufort, lo cuidaba con mucho amor y ternura. Pero vio con desesperación que su dinero limitado se estaba agotando rápidamente y no tenían otra forma de mantenerse. Caroline era una persona muy fuerte con una mente excepcional y encontró formas de ganar un poco de dinero para apenas sobrevivir. Hacía costura sencilla y cosas con paja, utilizando cualquier medio posible para salir adelante.

Así pasaron los meses. El padre de Caroline se puso muy enfermo, y ella pasaba todo el tiempo cuidándolo. Tenían cada vez menos dinero para vivir, hasta que finalmente, después de diez meses, el padre falleció mientras ella lo sostenía en sus brazos. Ahora estaba completamente sola y sin dinero. Fue un duro golpe para ella que la hizo arrodillarse junto al ataúd de su padre, llorando desconsoladamente. Justo en ese momento, mi padre entró a la habitación y fue como un ángel guardián para la pobre chica. Ella confiaba en que él se encargaría de ella en lo adelante y así fue. Después del entierro de su padre, él la llevó a Ginebra y se aseguró de que estuviera con un pariente. Dos años después, mi padre y Caroline se casaron.

Mis padres tenían una cierta diferencia de edad. Él sentía una profunda gratitud y admiración por mi madre. La trató siempre de forma cortés y especial, e invariablemente colocaba sus deseos y comodidad en primer lugar. Era como un jardinero protegiendo a una delicada flor de los fuertes vientos; le gustaba rodearla de las cosas que le brindaban alegría y felicidad. Ella tenía un alma amable y gentil, sin embargo, su salud y su espíritu se habían debilitado por todo lo que había pasado. Dos años antes de casarse, mi padre había dejado gradualmente sus deberes importantes. Tan pronto como se casaron, decidieron emprender un viaje para conocer nuevos lugares y entonces fueron a Italia, esperaban que el clima agradable y el cambio de escenario ayudara a mi madre a recuperarse.

Desde Italia visitaron Alemania y Francia. Yo, su hijo mayor, nací en Nápoles y, siendo aún un bebé, los acompañé en sus viajes. Fui su único hijo durante varios años. Ellos se amaban profundamente y me colmaban de cariño sin límites. Recuerdo los tiernos toques de mi madre y la cálida sonrisa de mi padre cada vez que me miraba. Yo era su juguete, su tesoro y, lo más importante, su hijo. Creían que yo era un regalo que el Cielo les había confiado para criarme y guiarme por una vida feliz. Eran plenamente conscientes de sus responsabilidades y valoraban la oportunidad de moldear mi futuro, por eso me enseñaron paciencia, bondad y autocontrol desde muy temprana edad, guiándome con amor y cuidado. Gracias a ellos, mis primeros años estuvieron llenos de alegría y felicidad.

Yo era su único hijo, aunque realmente mi madre quería una hija. Durante mucho tiempo fui su única preocupación. Cuando yo tenía alrededor de cinco años, hicimos un viaje más allá de las fronteras de Italia y pasamos una semana junto al Lago Como.

Debido a su naturaleza amable, mis padres a menudo visitaban los hogares de los menos afortunados. Aquello no era solo un deber para mi madre, que lo sentía como una necesidad, porque había experimentado el sufrimiento y quería ayudar a los necesitados. En una ocasión, durante uno de nuestros paseos, nos encontramos una cabaña con un aspecto muy triste, estaba escondida en un valle y rodeada de un grupo de niños mal vestidos; aquello era una muestra de extrema pobreza.

Otro día, cuando mi padre fue a Milán, mi madre y yo regresamos a aquella casa. En su interior encontramos a una pareja de campesinos trabajadores que luchaban por alimentar a sus cinco hijos hambrientos. Había cuatro niños de ojos oscuros con aspecto vagabundo, pero la que llamó la atención de mi madre fue la niña. Ella, a pesar de su ropa ajada, se veía diferente; era pálida y delicada, con la frente suave y ancha, sus ojos eran de un azul claro y su pelo era dorado y brillante. Tenía un rostro amable, emotivo y celestial; parecia alguien enviado por el cielo.

La campesina se dio cuenta de lo intrigada y maravillada que estaba mi madre por la hermosa niña, así que compartió gustosamente su historia. Aquella pequeña no era hija propia, sino de un noble de Milán; un italiano que valoraba profundamente el glorioso pasado de Italia y luchó incansablemente por liberar a su país, pero desafortunadamente cayó víctima de sus debilidades. Todavía no estaba claro si había fallecido o seguía prisionero en Austria. La madre de la niña era alemana y falleció en el parto. Las pertenencias de la familia fueron confiscadas por el gobierno, dejando a la pequeña en la miseria y huérfana.

Las cosas eran mejores para la familia de campesinos en aquellos tiempos. Habían contraído matrimonio recientemente y acababan de tener a su primer hijo. Entonces fue que llegó la niña a esta amable pareja para que se ocuparan de ella. Así fue creciendo junto a sus padres adoptivos, en un hogar sencillo donde era una hermosa rosa en un arbusto marchito.

Mi madre preguntó a las amables personas que la habían estado cuidando si nos la podrían dar. Ellos amaban a la dulce huérfana, pero sabían que sería injusto mantenerla en la pobreza cuando había una vida mejor esperándola. Por eso hablaron con el sacerdote del pueblo y se decidió que Elizabeth Lavenza vendría a vivir con nosotros, y desde ese momento se convirtió en algo más que una hermana para mí.

Cuando mi padre regresó de Milán, me encontró jugando con la niña en el vestíbulo de nuestra casa. Ella se movía con mucha gracia y alegría, parecía más hermosa que un querubín en una pintura

Cuando mi padre regresó de Milán, me encontró jugando con un niño en el salón de nuestra casa. Este niño era aún más hermoso que un querubín en una pintura. Su aspecto era radiante y se movía con tanta gracia. Pronto descubrimos quién era. Mi madre le pidió a las amables personas que se habían estado ocupando de ella si nos la podrían dar. Ellos amaban a la dulce huérfana, pero sabían que sería injusto mantenerla en la pobreza cuando una vida mejor la esperaba. Hablaron con el sacerdote del pueblo y se decidió que Elizabeth Lavenza vendría a vivir con nosotros. Ella se convirtió en algo más que una hermana.

CHAPTER 11

Nosotros crecimos juntos. Siempre estábamos en armonía, y nuestras diferentes personalidades nos acercaron más. Elizabeth era más tranquila y centrada, yo era más apasionado y tenía una sed intensa de conocimiento. Mientras ella admiraba la belleza de todo lo que nos rodeaba, a mí me gustaba descubrir por qué sucedían las cosas de la manera en que lo hacían. El mundo era como un secreto que quería desentrañar. Era curioso, siempre investigando y tratando de entender las leyes ocultas de la naturaleza. La alegría y emoción que sentía al descubrir estos secretos son algunos de mis primeros recuerdos.

Cuando nació mi hermano menor, siete años después que yo, mis padres decidieron dejar de viajar y establecerse en nuestro país de origen. En Génova teníamos una casa, y también teníamos una casa de campo llamada Belrive en la orilla este del lago, a poco más de una milla de distancia de la ciudad. Mayormente vivíamos en Belrive pues, mis padres llevaban una vida bastante retirada. Siempre preferí evitar las grandes multitudes y en cambio formar amistades sólidas con solo unas pocas personas.

Realmente no me importaban mucho mis compañeros de clase

en general, pero hice una gran amistad con uno de ellos, Henry Clerval. Él era hijo de un comerciante de Génova, era un niño muy talentoso e imaginativo que amaba la aventura, los desafíos e incluso los riesgos solo por la emoción que le producían. Había leído muchos libros sobre caballeros y románticas historias. Solía escribir canciones heroicas y comenzó a escribir muchos cuentos y relatos encantadores sobre caballeros y sus aventuras. Incluso intentaba que actuáramos en obras o nos disfrazáramos con trajes, fingiendo ser personajes de los héroes de Roncesvalles, the Round Table o King Arthur y los valientes guerreros que lucharon para salvar la tierra santa de los infieles.

39   Tuve una infancia muy feliz, mis padres siempre fueron amables y comprensivos. No controlaban todo lo que hacíamos, pero nos brindaban muchas experiencias maravillosas. Cuando comparaba a mi familia con otras, me daba cuenta de lo afortunado que era. Esto me hizo sentir realmente agradecido y amar aún más a mis padres.

A veces, me enfadaba o me apasionaba mucho por las cosas, y en lugar de simplemente interesarme por cosas de niños, tenía muchas ansias de aprender. Pero no cualquier cosa, a mi no me interesaban los idiomas, los gobiernos o la política, yo quería conocer los secretos del mundo, ya sea los aspectos físicos de las cosas o el significado más profundo de la naturaleza y los seres humanos. Mis preguntas se centraban en lo metafísico o en los misteriosos secretos del mundo.

40   Mientras tanto, Clerval se enfocaba en los aspectos morales de la vida, como las hazañas heroicas y las acciones de las personas, y aspiraba a convertirse en uno de ellos. Elizabeth, con su alma santa, traía calidez, luz y paz a nuestro hogar. Todos estábamos conmovidos por su bondad, su sonrisa, su voz suave y la mirada amorosa de sus ojos. Su presencia me suavizaba e inspiraba, evitando que mi naturaleza apasionada se volviera demasiado seria o agresiva. En cuanto a Clerval, su espíritu noble permanecía intacto ante la negatividad.

41   Amo recordar mi infancia. En aquel entonces, antes de que sucedieran cosas malas, mi mente estaba llena de grandes sueños,

quería cambiar el mundo. Pero a medida que pasaba el tiempo, mis pensamientos se volvieron más centrados en mí y comenzaron a perder su brillo. Cuando miro hacia atrás, me doy cuenta de que ciertos eventos llevaron a la triste historia que vendría después. Como la mayoría de las cosas, los pequeños eventos llevaron a eventos más grandes.

El estudio de la filosofía natural es lo que determinó mi destino. Al contar mi historia, quiero dejar claro las cosas que me hicieron amar esta ciencia. Cuando tenía trece años, mi familia y yo fuimos de viaje. Debido al mal tiempo, tuvimos que quedarnos dentro de nuestra posada durante un día y fue allí donde encontré un libro de Cornelius Agrippa. Al principio, lo abrí sin mucho interés, pero a medida que leía sobre las ideas que estaba tratando de demostrar y las cosas increíbles de las que hablaba, me emocioné mucho. Era como si de pronto una luz iluminara mi mente y no pudiera contener mi alegría. Inmediatamente le conté a mi padre sobre lo que había descubierto, sin embargo, cuando casualmente miró el título del libro, dijo: "Oh, Cornelius Agrippa. Querido Víctor, no pierdas tu tiempo con esto. No vale la pena leerlo".

Si mi padre me hubiera explicado que las ideas expuestas en el libro de Agrippa estaban desactualizadas y que ahora existía un sistema de ciencia mejor y más práctico, habría dejado de leer a Agrippa y me habría enfocado en estudios más actuales. Sin embargo, mi padre no miró realmente el libro que estaba leyendo, así que yo no estaba seguro si sabía de qué se trataba. Por lo tanto, seguí leyéndolo con avidez.

Cuando volví a casa, lo primero que hice fue conseguir todos los libros de este autor. Aunque los científicos modernos habían realizado un arduo trabajo, e hicieron descubrimientos asombrosos, siempre me sentía insatisfecho después de leerlos. Sir Isaac Newton dijo una vez que se sentía como un niño recolectando conchas junto al vasto e inexplorado océano de la verdad. Los otros científicos que conocía me parecían principiantes, al igual que yo.

La gente común podía ver las cosas a su alrededor y sabía cómo usarlas en la práctica. Los científicos más conocedores no sabían mucho más que eso. Habían comenzado a comprender algunos de los secretos de la naturaleza, pero aún había mucho que no se sabía.

44   Pero aquí había libros, y además había personas que sabían mucho y habían llegado muy lejos. Confié en todo lo que decían y me convertí en su alumno. Mi padre no estaba interesado en la ciencia, así que tuve que descubrir las cosas por mi cuenta, como un niño ciego tratando de aprender. Con la ayuda de mis nuevos maestros, trabajé arduamente para entender la alquimia y la búsqueda del elixir de la vida. Pero realmente, me enfoqué por completo en el elixir. El dinero no era tan importante para mí, ¡pero imagina el honor y la gloria que tendría si pudiera curar todas las enfermedades y hacer a las personas invencibles!

45   También tuve otras visiones. Mis autores favoritos aseguraban que podían invocar fantasmas o demonios, y yo desesperadamente quería verlo suceder. Aunque mis intentos siempre fracasaban, creía que era porque yo era inexperto, no porque mis maestros carecían de habilidad u honestidad. Así que pasé mucho tiempo estudiando ideas obsoletas, mezclando teorías contradictorias y luchando por dar sentido a todo ese cúmulo de conocimientos. Mi imaginación y mi joven mente me guiaban a través de este laberinto confuso.

Cuando tenía unos quince años, mi familia y yo nos encontrábamos en nuestra casa cerca de Belrive. Un día, presenciamos una poderosa y aterradora tormenta. La tormenta venía de las montañas de Jura. De repente, vi una explosión de luz que provenía de un viejo y hermoso roble que estaba a unos veinte metros de distancia de nuestra casa. A medida que la brillante luz desapareció, el roble también desapareció, dejando sólo un muñón carbonizado, en su mayoría despedazado en delgadas tiras.

46   Ya tenía algún conocimiento sobre electricidad básica antes de que esto sucediera. En ese momento, teníamos un hombre con nosotros que sabía mucho sobre filosofía natural, y estaba muy emocionado por este incidente. Comenzó a explicarme una teoría nueva y sorprendente sobre electricidad y galvanismo. Lo que dijo

hizo que los famosos pensadores a quienes admiraba, como Cornelius Agrippa, Albertus Magnus y Paracelso, parecieran mucho menos importantes. Desafortunadamente, escucharlo hizo que perdiera el interés en mis estudios habituales, pensaba que nada sería jamás conocido o entendido y todo lo que alguna vez me fascinó de repente parecía irrelevante. En un extraño cambio de mentalidad que a menudo ocurre cuando somos jóvenes, abandoné de inmediato mis antiguos intereses y decidí que la historia natural y todo lo relacionado con ella eran inútiles y feos. También desarrollé un fuerte rechazo por una supuesta ciencia que nunca podría comprender verdaderamente el mundo. En ese estado mental, me volví hacia las matemáticas y las asignaturas relacionadas con ella porque creía que estaban basadas en fundamentos sólidos y merecían mi atención.

Nuestras almas están construidas de una manera peculiar, y nuestros destinos pueden ser determinados por pequeñas cosas. Parecía que mis elecciones eran guiadas por mi ángel guardián.

Este fue un gran esfuerzo de las fuerzas del bien, pero desafortunadamente, no tuvieron éxito. El destino era demasiado poderoso y sus leyes inmutables ya habían decidido mi completa y terrible caída.

CHAPTER III

48 Cuando cumplí diecisiete años, mis padres decidieron que debía ir a la Universidad de Ingolstadt para continuar mis estudios. Hasta entonces, había estado yendo a escuelas en Ginebra, pero mi padre creía que era importante para mí experimentar diferentes costumbres fuera de mi país de origen. Establecimos una fecha temprana para mi partida, pero antes de que llegara ese día se produjo la primera tragedia de mi vida. Fue como una señal de la infelicidad que me esperaba en el futuro.

49 Elizabeth se enfermó gravemente de fiebre escarlatina y estaba en gran peligro. Muchas personas trataron de convencer a mi madre de que no cuidara de ella, al principio nos escuchó y se mantuvo alejada, pero cuando se enteró de que la vida de Elizabeth estaba en riesgo, no pudo controlar su preocupación. Cuidó de ella con atención y venció a la enfermedad. Elizabeth mejoró pero, desafortunadamente mi madre también se enfermó y su fiebre era muy grave, los médicos temían lo peor. Incluso en su lecho de muerte, mi madre se mantuvo fuerte y amable. Nos reunió a Elizabeth y a mí y dijo: "Mis hijos, siempre esperé que ustedes dos se casaran y fueran felices. Ahora, su padre puede encontrar consuelo en esa esperanza.

Elizabeth, querida mía, debes cuidar de mis hijos menores, me cuesta dejarlos atrás porque he sido feliz y amada. Pero esos pensamientos no son adecuados para mí, intentaré aceptar la muerte y espero volver a verte en el otro mundo".

50   Murió en paz, e incluso en la muerte, su rostro mostraba amor. No necesito explicar cómo se siente cuando pierdes a alguien a quien amabas tanto. Crea un gran vacío, y a medida que pasa el tiempo y te das cuenta de que la pérdida es real, el dolor del duelo se vuelve más intenso. Pero ¿quién no ha experimentado el dolor de perder a alguien querido? No necesito describir una tristeza que todos han sentido o sentirán. Mi madre se había ido, pero todavía teníamos responsabilidades que cumplir, teníamos que seguir adelante y considerarnos afortunados porque todavía todavía nos teníamos a nosotros.

51   Mi plan era irme a Ingolstadt. Le pedí a mi padre que me diera unas semanas más, no quería alejarme de las personas que quedaban aquí, especialmente de mi querida Elizabeth, a quien le deseaba que encontrara algo de consuelo.

Ella intentaba ocultar su dolor y ser una fuente de consuelo para todos nosotros, enfrentaba la vida con valentía y pasión, asumiendo sus responsabilidades. Estaba enfocada en cuidar de nuestro tío y primos, incluso olvidaba su propia tristeza mientras trabajaba para hacernos olvidar la nuestra.

Finalmente, llegó el día de mi partida. Clerval pasó la última noche con nosotros. Henry estaba profundamente entristecido por el hecho de que no podía seguir una educación más amplia y había intentado persuadir a su padre para que lo dejara acompañarme, sin embargo él no veía valor en los sueños y ambiciones de su hijo. No dijo mucho, pero pude ver que estaba decidido e inspirado.

52   Nos quedamos despiertos hasta tarde. No queríamos separarnos ni pronunciar la palabra "Adiós". Finalmente, la dijimos, pero fingimos irnos a dormir, pensando engañarnos con eso. Bajé al carruaje que

me llevaría lejos, Clerval apretó mi mano una vez más, Elizabeth me pidió que escribiera con frecuencia y me dio un último abrazo apretado como mi compañera de infancia y amiga.

53   Me subí al carruaje y me sentía completamente solo. Cuando vaya a la universidad, tendré que hacer nuevos amigos y cuidar de mí mismo. Yo siempre he estado protegido y acostumbrado a las mismas caras, por lo que la idea de estar rodeado de extraños me resultaba incómoda. Sin embargo ahora mis deseos se estaban haciendo realidad y sería absurdo tener algún arrepentimiento.

Tuve mucho tiempo para reflexionar sobre estas cosas, más durante mi largo y agotador viaje a Ingolstadt. Me bajé del carruaje y me llevaron a mi pequeña habitación, donde podría pasar la tarde como yo quisiera.

54   Al día siguiente, entregué las cartas que me habían dado y fui a visitar a algunos profesores importantes. Por casualidad, acabé conociendo al señor Krempe, un profesor de filosofía natural, era un hombre extraño pero muy conocedor en su campo. Me hizo algunas preguntas sobre lo que había aprendido en filosofía natural, yo no le di mucha importancia y mencioné de pasada que había estudiado las obras de los alquimistas. El profesor quedó sorprendido y preguntó si realmente había desperdiciado mi tiempo en esas tonterías.

Le dije que sí, y entonces el señor Krempe se enfadó y dijo: "Cada minuto que pasaste en esos libros fue un completo desperdicio, llenaste tu mente de ideas anticuadas y nombres inútiles. ¿Cómo es posible que hayas vivido en un lugar donde nadie te haya dicho que estas ideas son antiguas e irrelevantes? Es inaudito que en esta era de la ilustración y la ciencia, todavía sigas las enseñanzas de personas como Albertus Magnus y Paracelsus. Mi querido señor, necesitas comenzar tus estudios desde cero".

55   Con esas palabras, se apartó e hizo una lista de algunos libros sobre filosofía natural que quería que yo consiguiera; luego me dejó ir, no sin antes decirme que comenzaría a dar conferencias sobre filosofía natural la próxima semana. También mencionó que otro

profesor, el señor Waldman, daría conferencias sobre química en los días en que él no estuviera.

Regresé a casa sintiéndome bien, ya que no pensaba mucho en los autores que al profesor no le gustaban. Pero este encuentro no me estimuló a estudiar más esas materias. El otro profesor, M. Krempe, no era muy agradable conmigo, pensaba que el estudio moderno de la filosofía natural era inútil. Las cosas habían cambiado y los científicos parecían preocuparse solo por demostrar que esas ideas no existen, lo cual es decepcionante pues eso es lo que me interesaba de la ciencia; esas ideas aunque no funcionaran, eran impresionantes. Querían que renunciara a emocionantes posibilidades por aburridas realidades.

Durante mis primeros días en Ingolstadt, dediqué mi tiempo a conocer la zona y a las personas que vivían allí. Recordé lo que M. Krempe me dijo sobre sus conferencias y aunque no quería escuchar a ese tipo arrogante hablar desde un púlpito, sí me interesaba escuchar a M. Waldman, el otro profesor mencionado por M. Krempe. A este aún no lo había visto porque estaba fuera de la ciudad.

Por curiosidad y porque no tenía nada más que hacer, fui a la sala de conferencias donde finalmente llegó M. Waldman. Este profesor era muy diferente a M. Krempe, parecía tener alrededor de cincuenta años y tenía una expresión amable en su rostro, con algunas canas en las sienes pero el resto de su cabello era casi negro. Era bajo pero se mantenía muy recto y poseía la voz más dulce que jamás había escuchado. Comenzó su conferencia hablando sobre la historia de la química y los importantes descubrimientos realizados por diferentes científicos famosos. Luego explicó brevemente el estado actual de la ciencia y definió algunos términos básicos. Después de hacer algunos experimentos de preparación, terminó su conferencia elogiando la química moderna de una manera que nunca olvidaré.

"Los antiguos maestros de esta ciencia", dijo él, "hicieron promesas imposibles de cumplir y no lograron nada. Los expertos modernos hacen reclamos mucho más humildes, ellos saben que los metales no pueden convertirse en otra cosa. Se adentran en los secretos de la naturaleza y revelan cómo opera en lugares ocultos, exploran los cielos, descubren cómo circula la sangre y comprenden la naturaleza del aire que respiramos. Han adquirido poderes nuevos y casi ilimitados, pueden controlar el sonido del trueno, imitar terremotos e incluso crear ilusiones del mundo invisible."

Esas fueron las palabras del profesor, o mejor dicho, las palabras del destino, que hablaron para destruirme. Mientras continuaba hablando, sentía como si mi alma estuviera luchando. Él tocó los diferentes aspectos de mi ser uno por uno, despertando mi mente a un solo pensamiento, concepto y propósito. "Se ha logrado tanto", declaró el alma de Frankenstein, "pero yo lograré aún más. Siguiendo el camino que ya ha sido trazado, abriré un nuevo camino, exploraré habilidades no descubiertas y revelaré al mundo los secretos más profundos de la creación."

No pude dormir esa noche. Mi interior entró en caos y confusión, y sólo esperaba que la calma llegara, pero no tenía forma de lograrlo. Poco a poco, al amanecer, finalmente me quedé dormido. Cuando me desperté, parecía que mis pensamientos de la noche anterior eran solo un sueño, todo lo que quedaba era la determinación de volver a mis antiguos estudios y centrarme en una ciencia en la que creía tener un talento natural. Ese mismo día, fui a visitar a M. Waldman. Él fue aún más amable y amigable en privado que en público y en su propia casa, reemplazó la dignidad que mostraba durante su conferencia con calidez y amabilidad. Le conté prácticamente la misma historia sobre mis antiguos estudios que le había contado a su colega; él escuchó atentamente mi pequeña historia y sonrió cuando mencioné los nombres de Cornelius Agrippa y Paracelsus, pero no hubo ninguno de los desprecios que había mostrado M. Krempe. Él dijo: "Estos fueron hombres a quienes debemos gran parte de nuestro conocimiento gracias a su dedicación incansable, ellos allanaron el camino para que nosotros les demos nuevos nombres y organicemos los hechos que ayudaron a descubrir. Las obras de individuos talentosos, incluso si estaban equivocados, casi siempre terminan beneficiando a la humanidad al final". Escuché lo que dijo, entregado sin pretensión ni arrogancia, luego le pedí consejo sobre qué libros debería conseguir.

"Me alegra", dijo el Sr. Waldman, "haber encontrado un estudiante como tú; si trabajas duro, creo que tendrás éxito. La química es un campo de la ciencia en el que ha habido y todavía puede haber grandes avances; por eso me he centrado en estudiarla. Pero tampoco he ignorado otras áreas de la ciencia, un individuo no sería un buen químico si solo se preocupara por la química. Si quieres convertirte verdaderamente en un científico y no solo en un experimentador de pequeña escala, te sugiero que explores todas las ramas de la filosofía natural, incluyendo las matemáticas".

Después de nuestra conversación, el Sr. Waldman me llevó a su laboratorio y me mostró cómo funcionaban sus máquinas. Me dijo qué equipos necesitaba y prometió dejarme usarlos una vez que hubiera avanzado lo suficiente en mis estudios, también me dio una lista de libros que había pedido. Sin más, me despedí.

Este día fue importante para mí porque determinó mi camino futuro.

CHAPTER IV

61 A PARTIR DE ESE DÍA, me enfoqué casi por completo en estudiar la filosofía natural, especialmente la química. Leí ávidamente las obras de pensadores modernos que habían escrito sobre estos temas, asistí a conferencias y conocí a los científicos de la universidad. Incluso M. Krempe, a pesar de su apariencia y modales desagradables, tenía mucho conocimiento práctico que ofrecer. Pero fue M. Waldman quien se convirtió en un verdadero amigo para mí, era muy amable conmigo. Me guiaba y hacía que los conceptos difíciles fueran fáciles de entender. Muchas veces yo trabajaba en mi laboratorio hasta la mañana, tan absorto en mis estudios que ni siquiera notaba las estrellas desvaneciéndose a la luz del día.

62 Como trabajaba tan diligentemente, es fácil entender que hice rápidos progresos y que los estudiantes quedaban asombrados por mi entusiasmo. Así pasaron dos años sin visitar Ginebra. Estaba completamente absorto en hacer algunos descubrimientos emocionantes. Finalizando esos dos años, había hecho mejoras en ciertos instrumentos químicos, lo que me valió mucho respeto y admiración en la universidad. Hasta ese momento, había aprendido ya todo lo que podía de los profesores en Ingolstadt. Quedarme allí ya no me

estaba ayudando, por eso quería regresar a mi ciudad natal con mis amigos. Sin embargo, algo sucedió que me hizo extender mi estadía.

Una de las cosas que más me había llamado la atención fue la estructura del cuerpo humano porque para examinar las causas de la vida, primero debemos comprender la muerte. Me familiaricé con la ciencia de la anatomía, pero esto no fue suficiente. Sabía que necesitaba ver cómo se descomponía un cuerpo. En mi educación, mi padre había tomado las mayores precauciones para que mi mente no se impresionara por horrores sobrenaturales. Sin embargo, ahora me veía llevado a examinar la causa y el proceso de esta decadencia, y obligado a pasar días y noches observando,donde podía, cómo la fina forma del hombre se degradaba y se desperdiciaba. Puse toda mi atención en examinar y analizar todos los detalles de la causalidad, ejemplificadas en el cambio de la vida a la muerte, y de la muerte a la vida, hasta que en medio de esta oscuridad una luz repentina se reveló ante mí. No podía creer que de todas las personas, yo fuera la destinada a descubrir un secreto tan asombroso.

Recuerda, no estoy contando la visión de un loco. Después de días y noches de trabajo increíblemente arduo y agotador, logré descubrir cómo crear algo lleno de vida.

El asombro que inicialmente experimenté con este descubrimiento pronto fue reemplazado por la delicia y la obsesión. Este descubrimiento era tan grande y abrumador que todos los pasos que me habían llevado progresivamente hacia él fueron borrados y solo contemplé el resultado. Lo que había sido el estudio y deseo de los hombres más sabios desde la creación del mundo ahora estaba al alcance de mis manos. No es que, mágicamente, todo se resolviera de golpe ante mí, sino que la información que había obtenido, era de tal naturaleza, que fue la que condujo mis esfuerzos hacia el objetivo deseado, no se trata de exhibir ese objeto ya logrado.

Puedo ver tu entusiasmo y la curiosidad en tus ojos, amigo mío. Parece que quieres conocer el secreto que yo sé, pero no puedo compartirlo contigo directamente. Por favor, escucha toda la historia pacientemente y entenderás por qué mantengo este secreto. No quiero llevarte por un camino peligroso como una vez hice, donde solo acabarías en la destrucción y la miseria. Ten en cuenta mi experiencia, no mi consejo, y comprende los peligros de buscar demasiados conocimientos. Es mucho mejor que una persona se sienta satisfecha en su propio pueblo y no aspire a ser más de lo que naturalmente es.

66   Cuando descubrí el increíble poder que tenía, no podía decidir cómo utilizarlo. Crear un cuerpo con todas sus complejas partes de fibras, músculos y venas era una tarea difícil. Al principio me pregunté si debía crear un ser como yo o uno más sencillo. Pero estaba tan seguro y entusiasmado con mi éxito inicial que creía que podía dar vida a una criatura tan compleja y asombrosa como un ser humano. Los materiales que tenía no me parecían suficientes para una tarea tan difícil, pero tenía fe en que acabaría triunfando. Sabía que habría muchos obstáculos en el camino y que mi trabajo podría no quedar perfecto, pero creía que mis intentos establecerían las bases para éxitos futuros. No veía en el tamaño y la complejidad de mi plan una razón para rendirme ycon estos pensamientos en mente, empecé a crear un ser humano. Como los pequeños detalles me retrasaban, cambié mi plan original y decidí hacer que el ser fuera gigante, de casi dos metros y medio de altura. Después de tomar esta decisión y pasar varios meses reuniendo y organizando mis materiales, empecé mi trabajo

67   Cuando experimenté el éxito por primera vez, sentí un cúmulo de emociones que me empujaron hacia delante con gran fuerza, como un fuerte viento. La vida y la muerte eran fronteras que quería traspasar, para llevar luz a nuestro oscuro mundo. Imaginaba poder crear una nueva especie. Pensando en todo esto, creí que si podía dar vida a objetos inanimados, tal vez, con el tiempo (aunque ahora sabía que era imposible), podría revivir la vida en cuerpos que se habían considerado muertos y en descomposición.

68   Estos pensamientos me hacían seguir adelante mientras trabajaba incansablemente en mi proyecto. Pasé tanto tiempo estudiando que mi rostro palidecía y mi cuerpo adelgazaba por estar encerrado

en un solo lugar. A veces, cuando estaba tan cerca del éxito, fracasaba, pero nunca perdí la esperanza. Creía que el próximo día, o incluso la próxima hora, podrían traer el avance que necesitaba. Tenía un secreto que solo yo conocía, y esa era la fuerza impulsora detrás de todos mis esfuerzos. Trabajaba hasta tarde en la noche, con la luna como única testigo de mi búsqueda incansable de los misterios de la naturaleza. Era un proceso aterrador e impío porque alteraba las tumbas y utilizaba seres vivos para dar vida a la arcilla inanimada. Los recuerdos de esos momentos ahora me estremecen hasta lo más profundo de mi ser, pero en aquel entonces, era consumido por un impulso irresistible y casi frenético. Estaba completamente enfocado en esta única meta, hasta el punto en que sentía que mi alma y mis sentidos se habían perdido por completo. Era como si estuviera en un trance, pero tan pronto como este impulso antinatural se detenía, volvía a mi antiguo yo. Recolectaba huesos de los cementerios y profanaba los secretos sagrados del cuerpo humano con mis manos impuras. Tenía un taller en una habitación solitaria en lo alto de la casa, separada de todas las demás habitaciones; estaba lleno de las herramientas y materiales necesarios para mi repugnante creación. Vivía tan obsesionado con mi trabajo que los ojos se me salían de sus órbitas mientras centraba mi atención en cada pequeño detalle. Obtenía los materiales de la sala de disección y del matadero; por momentos no soportaba mis propias acciones, pero mi entusiasmo me impulsaba a continuar, siempre acercándome más a alcanzar mi objetivo.

Pasaron los meses de verano y la naturaleza nunca había lucido tan hermosa. Los mismos sentimientos que absorbían mi atención y me impedían apreciar los paisajes a mi alrededor, me hacían olvidar a esos amigos que estaban a tantas millas de distancia y a quienes no había visto durante tanto tiempo. Yo sabía que mi silencio los inquietaba y recordaba muy bien las palabras de mi padre: "Sé que mientras estés satisfecho contigo mismo, pensarás en nosotros con cariño y nos mantendrás informados regularmente. Debes perdonarme si considero que cualquier interrupción en tu correspondencia es una prueba de que tus otras responsabilidades también están siendo descuidadas".

70   Creía que mi padre me culparía por mi descuido, pero ahora veo que tenía razón. Una persona que es perfecta siempre debe tener una mente tranquila y en paz, y nunca permitir que emociones fuertes o deseos fugaces perturben su tranquilidad. Creo que esto también se aplica a la búsqueda del conocimiento. Si el tema que estudias te hace perder interés en las cosas simples que traen alegría y felicidad, entonces ese estudio está equivocado, lo que significa que no es bueno para la mente humana. Sin embargo, si todo el mundo siguiera esa regla y no permitieran que nada interfiriera en su amor por la familia y la tranquilidad, nos quedaríamos sin muchas cosas importantes.

Pero olvidé que estoy dando consejos de vida cuando la parte más emocionante de mi historia está sucediendo, y las expresiones de sus caras me recuerdan que debo seguir adelante.

71   Mi padre no me regañó en sus cartas, pero sí notó mi poca comunicación y me preguntó con insistencia sobre lo que hacía. Durante el invierno, la primavera y el verano, estaba tan concentrado en el trabajo que no percibía la belleza de las plantas florecidas, algo que antes me traía tanta alegría. Las hojas ya se habían marchitado para cuando estaba cerca de terminar mi proyecto. Sin embargo, en lugar de sentirme como un artista disfrutando de mi actividad favorita, me sentía, más bien, como un esclavo trabajando en una mina u otro trabajo desagradable. Todas las noches sufría de febrícula y me ponía extremadamente ansioso. Me asustaba el efecto que el trabajo estaba haciendo en mí. Sin embargo, creía que una vez que completara mi creación, el ejercicio y la diversión me ayudarían a recuperarme de las primeras etapas de la enfermedad. Esperaba con ansias ambas cosas.

CHAPTER V

 Era una lúgubre noche de noviembre cuando vi el resultado de todo mi arduo trabajo. Estaba tan ansioso que casi me sentía agonizar. Reuní las herramientas necesarias para dar vida al objeto inerte frente a mí. Ya era la una de la mañana, y la lluvia golpeaba tristemente contra las ventanas. Mi vela casi se había consumido, pero en la tenue luz vi el ojo opaco y amarillo de la criatura abrirse. Luchaba por respirar y sus extremidades se retorcían incontrolablemente.

No puedo describir completamente la mezcla de emociones que sentí en aquel terrible momento, ni transmitir lo horrible que se veía la criatura. Sus extremidades eran del tamaño correcto y sus rasgos faciales estaban destinados a ser hermosos. ¡Pero, oh, querido Dios! Su piel amarilla apenas cubría los músculos y venas debajo. Tenía el cabello negro, brillante y ondulado, y los dientes blancos como perlas. Pero esas condiciones solo contrastaban horriblemente con sus ojos acuosos, casi del mismo color que los pálidos huecos en los que se encontraban; su tez era arrugada y sus labios negros y rectos.

 Había trabajado arduamente durante casi dos años, con el único propósito de infundir vida a un cuerpo inanimado. Para ello, me había privado de descanso y salud. Hice todo lo que pude y, mientras dormía, me perturbaron los sueños más salvajes. Creí ver a Elizabeth, muy saludable, caminando por las calles de Ingolstadt. Encantado y sorprendido, la abracé, pero al darle el primer beso en los labios, estos se volvieron lívidos con el color de la muerte; sus rasgos parecieron cambiar y entonces creí sostener en mis brazos el cadáver de mi difunta madre. Luego, contemplé al desgraciado, al miserable monstruo que yo había creado. Él levantó la cortina de la cama y sus ojos, si es que se les puede llamar así, estaban fijos en mí. Sus mandíbulas se abrieron y él murmuró algo. Me refugié en el patio de la casa donde vivía, allí estuve el resto de la noche, caminando de arriba a abajo en la mayor agitación, escuchando atentamente, captando y temiendo cada sonido como si anunciara la llegada del endemoniado y miserable cadáver al que había dado vida.

74 ¡Oh no! Nadie podría soportar el horror de ese rostro, ni una momia resucitada sería tan aterradora como esa criatura. Pasé la noche sintiéndome completamente miserable. A veces mi corazón latía tan rápido y con tanta fuerza que podía sentirlo golpeando en cada vena, otras veces me sentía tan débil y agotado que apenas podía mantenerme en pie. Junto con este horror, también sentía una profunda decepción, porque los sueños que solían traerme alegría y consuelo ahora se habían convertido en una pesadilla viviente. Todo cambió muy rápido, y estaba completamente abrumado.

Finalmente, llegó la mañana, sombría y lluviosa. Miré hacia afuera con los ojos cansados y adoloridos y vi la iglesia de Ingolstadt, con su campanario blanco y su reloj que mostraba que ya eran las seis en punto. El portero abrió las puertas del patio, donde encontré refugio temporal durante la noche. Salí a la calle, caminando de prisa como si tratara de evitar que la criatura apareciera en cualquier esquina; no me atrevía a volver a mi habitación, así que tuve que seguir caminando, a pesar de la lluvia que caía del cielo oscuro y sombrío.

75 Seguí caminando un rato, tratando de distraer mi mente de la pesada carga que la agobiaba. Vagué por las calles sin saber real-

mente dónde estaba ni lo que hacía, tenía miedo y mi corazón latía rápido. Apuré el paso, sin atreverme a mirar a mi alrededor.

Me sentía solo caminando por aquel camino oscuro y aterrador. Seguí avanzando, sin atreverme a mirar hacia atrás porque sabía que la criatura terrorífica me seguía de cerca.

Continué así hasta llegar a la posada donde generalmente paraban los diferentes carruajes. Me detuve allí por alguna razón, aunque no podía explicar por qué. Permanecí así durante unos minutos, observando un carruaje que venía hacia mí desde el otro extremo de la calle. A medida que se acercaba, me fui dando cuenta de que era el carruaje suizo. Se detuvo justo donde yo estaba parado, y cuando la puerta se abrió, vi a Henry Clerval dentro. Él me vio y de inmediato saltó fuera del coche. "¡Mi querido Frankenstein!" exclamó. "¡Me alegra tanto verte! ¡Qué suerte que estés aquí justo cuando llego!"

Me dio mucha alegría ver a Clerval. Su presencia me recordaba a mi padre, Elizabeth y me traía alentadores recuerdos del hogar. Tomé su mano y en ese instante, todo mi horror y desdicha desaparecieron. Era la primera vez en meses que me sentía tranquilo y verdaderamente feliz. Dí una cálida bienvenida a mi amigo y luego caminamos hacia mi universidad. Clerval hablaba de nuestros amigos y lo dichoso que se sentía porque le permitieron venir a Ingolstadt. Él dijo: "Puedes imaginar cuán difícil fue convencer a mi padre de que hay más por conocer que solo llevar los libros de contabilidad. Él no me creía y hasta el último momento me repetía lo mismo: 'Tengo suficiente dinero y comida sin conocer el griego'. Pero finalmente, su amor por mí superó su resistencia al aprendizaje y me permitió venir a la en la tierra del conocimiento".

"¡Me emociona verte! Antes que nada, por favor dime cómo están mi padre, mis hermanos y Elizabeth".

"De acuerdo, ellos están bien, solo un poco preocupados porque no saben más a menudo de ti. Por cierto, yo también quiero hablarte de ellos. Pero, mi querido Frankenstein", dijo, deteniéndose y mirándome de cerca, "No me había dado cuenta. ¡Al parecer, estás enfermo!". Estás tan delgado y pálido, como si hubieras estado desvelado muchas noches".

"Adivinaste bien; he estado realmente ocupado con algo últimamente, y no he estado descansando lo suficiente, como puedes ver. Pero realmente espero que todas esas actividades finalmente hayan terminado y ahora estoy libre".

78 Estaba realmente asustado y no podía soportar pensar o incluso mencionar lo que había ocurrido la noche anterior. Caminamos apresuradamente y pronto llegamos a la universidad; luego me di cuenta, con un estremecimiento, de que la criatura que había dejado en mi habitación aún podría estar allí deambulando. Tenía miedo de ver a este monstruo, pero tenía aún más miedo de que Henry lo viera. Entonces le pedí que esperara al pie de las escaleras durante unos minutos mientras yo subía de prisa a mi habitación. Extendí la mano hacia el picaporte antes de pensar en parar, me detuve y sentí un escalofrío recorrer mi cuerpo. Empujé la puerta con fuerza, como los niños hacen cuando esperan un fantasma al otro lado; pero no había nada allí. Entré cautelosamente a la habitación y vi que estaba vacía. Mi dormitorio también estaba libre del horrible huésped, a mi me costaba creer que la suerte me hubiera llegado. Pero cuando me di cuenta de que mi enemigo se había ido de verdad, aplaudí con alegría y corrí de regreso a donde estaba Clerval.

79 Subimos a mi habitación y el sirviente trajo el desayuno de inmediato, pero no pude controlarme. No solo sentía alegría, sino que mi piel hormigueaba y mi corazón latía muy rápido. No podía quedarme quieto ni por un segundo; saltaba sobre las sillas, aplaudía y reía a carcajadas. Al principio, Clerval pensó que estaba feliz de verlo, pero cuando me miró de cerca, vio algo de locura en mis ojos que no pudo entender. Mi risa fuerte e incontrolada lo asustó y sorprendió.

"Victor, querido mío", exclamó, "¿qué está pasando? No te rías así. ¡Te ves tan enfermo! ¿Cuál es la razón de todo esto?"

"No me preguntes", exclamé, cubriendo mis ojos con las manos porque pensé que veía al aterrador fantasma entrar a la habitación.

"Él puede contártelo. ¡Oh, sálvame, sálvame!" Imaginé que el monstruo me agarraba; luché con fuerza y luego caí inconsciente.

¡Pobre Clerval! Solo puedo imaginar cómo se debió haber sentido. El encuentro que esperaba con tanta felicidad se convirtió en algo amargo y extraño. Pero no presencié su tristeza porque estaba inconsciente y no recuperé el conocimiento hasta mucho tiempo después.

Este fue el comienzo de una fiebre nerviosa que me mantuvo en cama durante muchos meses. Henry fue el único que cuidó de mí durante todo ese tiempo, después descubrí que no quería preocupar a mi padre y a Elizabeth, así que mantuvo en secreto el verdadero alcance de mi enfermedad. Él sabía que podía cuidar de mí mejor que nadie y confiaba en mi recuperación, además creía que cuidándome a mí estaba apoyándolos a ellos también.

La verdad es que estaba muy enfermo; si no hubiera tenido la atención y el cuidado de mi amigo, probablemente no lo hubiera logrado. No podía dejar de ver en mi mente al monstruo que había creado y no paraba de hablar de él. Al principio, Henry pensó que solo era mi imaginación dislocada, pero la forma en que volvía una y otra vez al mismo tema le hizo pensar que algo verdaderamente horrible había sucedido y que esa era la causa de mi enfermedad.

Tuve una lenta recuperación, con varios contratiempos que preocupaban a mi amigo. Recuerdo la primera vez que pude mirar hacia afuera y disfrutar del paisaje, entonces me di cuenta de que las hojas caídas habían desaparecido y en los árboles que estaban junto a mi ventana, crecían nuevos brotes. La hermosa primavera me ayudó a mejorar y mi corazón empezó a sentir amor y felicidad de nuevo; al poco tiempo la oscuridad comenzó a desvanecerse y yo volví a ser tan alegre como antes de mi enfermedad.

—Querido Clerval —dije—, eres tan amable y bueno conmigo que en lugar de estudiar todo el invierno, como habías planeado, has estado conmigo durante toda mi enfermedad. ¿Cómo podré alguna vez agradecerte? Me siento tan culpable por decepcionarte, pero espero que me puedas perdonar.

—Me devolverás el favor completamente si no te preocupas y te enfocas en recuperarte lo más rápido posible —respondió Clerval—. Y ya que pareces estar de buen ánimo, ¿te puedo hablar de algo?

Sentí un poco de nerviosismo. ¿A qué se refería él? ¿Estaba hablando sobre algo en lo que yo ni siquiera podía pensar?

—No te preocupes —dijo Clerval cuando notó mi cambio de color—. No lo mencionaré si te perturba. Sin embargo, pienso que tu padre y tu prima estarían muy felices de recibir una carta escrita de tu puño y letra; recuerda que ellos no saben lo enfermo que has estado y están preocupados porque hace mucho que no le escribes.

"¿Es eso todo, querido Henry? ¿Cómo pudiste pensar que no pensaría de inmediato en mis seres queridos, ellos que merecen todo mi amor?"

"Si te sientes así ahora, amigo mío, tal vez te alegrará leer una carta que ha estado aquí durante varios días, dirigida a ti. Creo que es de tu prima".

CHAPTER VI

 Clerval me entregó una carta de mi prima Elizabeth.

"Querido primo,

Has estado muy enfermo y ni siquiera las cartas de Henry me tranquilizan respecto a tu estado de salud. Aunque no puedas escribir ni sostener una pluma, yo necesito saber de ti, Víctor. Es importante para nosotros saber que estás bien. He estado esperando una carta todos los días, y convencí a mi tío de no ir a Ingolstadt porque no quería que pasara por las dificultades y peligros de un viaje tan largo. ¡Ojalá pudiera haber ido yo misma! Me imagino que alguien mayor y poco cariñoso está cuidando de ti, sin embargo, nadie puede entender tus necesidades como yo, tu pobre prima. Pero eso ya quedó en el pasado. Clerval dice que te estás recuperando. Espero sinceramente que puedas escribir pronto para confirmar esta noticia."

 "Recupérate pronto y vuelve con nosotros que nuestro hogar está lleno de amor y felicidad, y te extrañamos mucho. Tu padre está saludable y solo quiere saber que estás bien. Siempre tiene una sonrisa agradable y no tiene preocupaciones. ¡Estarías feliz de ver cuánto ha crecido nuestro hermano Ernest! Ahora tiene dieciséis años, está lleno de energía y sueña con servir a nuestro país y sentirse un suizo orgulloso; sin embargo no podemos dejar que se vaya hasta que regrese su hermano mayor. Nuestro tío no está de acuerdo con la idea de que se una al ejército lejos de aquí, pero a Ernest no le gusta estudiar como a ti. Él prefiere pasar tiempo al aire libre, caminando por las colinas o remando en el lago; a mí me preocupa que se vuelva perezoso si no le permitimos hacer la carrera que eligió".

[85] Aquí muy poco ha cambiado desde que te fuiste, excepto que nuestros niños han crecido. El hermoso lago azul y las montañas nevadas siguen siendo las mismas. Nuestro hogar tranquilo y nuestros corazones felices se rigen por las mismas reglas de siempre. Yo me mantengo ocupada con pequeñas tareas que me traen alegría, y ver a todos a mi alrededor siendo felices y amables es mi recompensa. Solo una cosa ha cambiado en nuestro pequeño hogar desde que te fuiste. ¿Recuerdas cuando invitamos a Justine Moritz a unirse a nuestra familia? Tal vez no lo recuerdes, así que permíteme contarte su historia brevemente. La madre de Justine, Madame Moritz, era una viuda con cuatro hijos, y Justine era la tercera; su padre la adoraba pero su madre no la soportaba y la trataba mal después que su padre murió. Mi tía se dio cuenta de esto y por eso cuando Justine cumplió doce años, convenció a su madre para que la dejara vivir con nosotros. Los modos democráticos de nuestro país han creado costumbres más simples y felices que las que se encuentran en las grandes monarquías cercanas; esto significa que las diferentes clases sociales no están tan separadas y las clases bajas no son tan pobres ni menospreciadas. Como resultado, su comportamiento es más educado y moral. En Ginebra, ser criado no significa lo mismo que en Francia e Inglaterra. Cuando Justine se convirtió en parte de nuestra familia, aprendió las responsabilidades de ser una criada, sin embargo aquí, en nuestro afortunado país, ser una criada no significa que seas ignorante o carezcas de dignidad como ser humano.

[86] Justine era tu favorita, y alguna vez dijiste que su alegre presencia podía alegrarte en un instante, de la misma forma que la

belleza de Angelica en un cuento de Ariosto. Mi tía se encariñó mucho con ella, por eso decidió darle una buena educación, mucho mejor que la prevista. Justine estaba increíblemente agradecida por tanta amabilidad, y aunque nunca lo dijo se podía notar en sus ojos que admiraba y respetaba inmensamente a mi tía. Justine era vivaz y a veces impulsiva, prestaba mucha atención a cada palabra y acción de mi tía; la veía como un modelo a seguir e intentaba hablar y actuar como ella, por eso me la recuerda tanto.

Cuando mi querida tía falleció, todos estaban demasiado consumidos por su propio dolor como para notar a la pobre Justine, quien la había cuidado con tanto amor y preocupación en su enfermedad. Tal fue así, que la muchacha también enfermó, sin embargo había más desafíos esperándola.

Uno a uno, los hermanos de Justine fueron muriendo dejándola sola y abandonada por su madre. La mujer se sentía culpable, pensando que las muertes eran un castigo por favorecer a algunos hijos en detrimento de otros. Como era católica romana, creía que su confesor confirmaba su creencia. Así fue que, unos meses después de que te fueras a Ingolstadt, Justine regresó con su arrepentida madre; se despidió de nuestra casa con lágrimas en los ojos. La apariencia de Justine cambió desde la muerte de mi tía; el dolor hizo más dócil y suave su actitud. Sin embargo, vivir con la madre no le devolvió la alegría ya que su arrepentimiento era ambiguo: en ocasiones le pedía perdón a Justine y luego la culpaba de causar las muertes de sus hermanos. El peso de la culpa fue afectando a Madame Moritz hasta que enfermó; al principio su enfermedad la volvió más irritable, pero ahora disfruta de una paz eterna. Su fallecimiento ocurrió a principios del invierno, cuando el tiempo se volvió frío. Justine ha regresado con nosotros y la valoro mucho. Es inteligente, amable y muy bonita. Como dije anteriormente, me recuerda a mi querida tía en su manera de ser y expresarse.

Déjame hablarte del Pequeño William, mi querido primo, si lo vieras te encantaría. Es muy alto para su edad y tiene unos hermosos ojos azules, con pestañas oscuras; su cabello es rizado. Cuando sonríe, aparecen hoyuelos adorables en sus mejillas que se vuelven rosadas, ¡está tan saludable!, y ya ha tenido un par de novias, pero su favorita es Louisa Biron una linda niña de cinco años.

Estoy segura de que quieres saber todos los chismes de la gente de Ginebra, Víctor. La encantadora señorita Mansfield ha recibido muchas visitas para felicitarla por su próximo matrimonio con un inglés llamado John Melbourne. Su, no tan bonita hermana Manon, se casó el otoño pasado con un banquero adinerado llamado M. Duvillard y tu compañero de clase favorito, Louis Manoir, no ha tenido mucha suerte desde que Clerval se fue de Ginebra, sin embargo ahora se siente mejor y se dice que está cerca de casarse con una francesa alegre y bonita llamada Madame Tavernier. Ella es mayor que él y es viuda, pero todos la adoran.

Mientras te escribo me siento más alegre, querido primo, sin embargo cuando termino comienzo a preocuparme nuevamente. ¡Por favor, Víctor, escríbenos!, que una sola línea o una palabra tuya significa mucho para nosotros. Estamos muy agradecidos por la amabilidad, el cariño y todas las cartas de Henry. Adiós, mi primo. Cuídate y, por favor, te lo ruego, ¡escríbenos!

Con cariño,
Elizabeth Lavenza.
89 Ginebra, 18 de marzo de 17—.
***

'Querida Elizabeth', dije emocionado mientras leía su carta, 'responderé de inmediato para que sepan que estoy bien'. Escribir la carta me dejó muy cansado, pero estaba comenzando a mejorar; dos semanas después ya estaba lo suficientemente fuerte como para levantarme de la cama.

90 Una de las primeras cosas que tuve que hacer cuando me recuperé fue presentar a Clerval a los profesores de la universidad, eso fue difícil para mí después de lo ocurrido. Desde aquella noche en la que todo fue un fracaso, desarrollé un fuerte rechazo por todo lo relacionado con la ciencia. Bastaba con ver un instrumento químico para que todas las dolorosas sensaciones de disgusto regresaran de

inmediato. Henry se dio cuenta, entonces me sacó del grupo y me llevó a otra habitación. Sin embargo, eso no resultó, sino que empeoró cuando nos encontramos con M. Waldman, que comenzó a elogiarme por mi progreso en la ciencia; él no se dio cuenta de que ya no me gustaba el tema y pensó que solo estaba siendo modesto. Continuaba intentando hablar del tema sin percatarse que me dolía, y que sentía como si me estuviera mostrando las mismas herramientas que se usarían para causarme daño. Yo quería que vieran mi sufrimiento, pero no podía. Clerval, que siempre ha entendido mis estados de ánimo, cambió de tema porque no sabía mucho de ciencia. Estaba agradecido por su comprensión, pero no lograba encontrar las fuerzas para contarle lo que había sucedido. Sabía que se sorprendería y no quería darle más detalles.

Los cumplidos duros y directos del señor Krempe, con su falta de delicadeza, me dolían aún más que la amable aprobación del señor Waldman, por lo sensible que me sentía en ese momento, '¡Maldito tipo!' exclamé. 'Le digo, señor Clerval, nos ha superado a todos. Sí, adelante y mire bien, es verdad. Un joven que, hace apenas unos años, creía en Cornelius Agrippa tan fervientemente como en el evangelio, ahora es el mejor de la clase en la universidad. Y si no lo superan pronto, todos nos avergonzaremos. Sí, sí', continuó, viendo el dolor en mi rostro, 'el señor Frankenstein es modesto. Esa es una gran cualidad en un joven; los jóvenes deberían dudar de sí mismos, ¿sabe, señor Clerval? Yo era así cuando era joven, pero no duró mucho tiempo'. El señor Krempe comenzó a presumir de sí mismo, lo que, afortunadamente, cambió el tema que me tenía tan molesto.

Clerval no compartía mi interés por la ciencia; sus estudios eran diferentes a los míos. Él llegó a la universidad con el objetivo de convertirse en un experto en lenguas orientales porque creía que eso lo llevaría a la vida que deseaba. A diferencia de Clerval, yo no intentaba comprender las lenguas en profundidad porque solo las quería disfrutar temporalmente. Leía para simplemente entender el significado, y valió la pena todo el esfuerzo que hice. Sus escritos me tranquilizaban y me traían alegría como nada que hubiera leído antes. Cuando lees sus historias, parece que la vida se trata de la calidez del sol, de estar en un hermoso jardín lleno de rosas, de los sentimientos encontrados hacia un enemigo atractivo y de la pasión ardiente en el corazón. Es completamente diferente a los poemas fuertes y heroicos de Grecia y Roma.

93   El verano había pasado haciendo estas actividades y se suponía que debía regresar a Ginebra en otoño. Sin embargo, surgieron algunos contratiempos y, antes de darme cuenta, llegó el invierno con sus caminos cubiertos de nieve. A pesar de la demora, aprovechamos al máximo el invierno y, cuando finalmente llegó la primavera, valió la pena la espera porque todo lucía hermoso.

Mayo ya había comenzado y esperaba una carta que me dijera cuándo podría finalmente partir. Pero entonces, Henry sugirió que hiciéramos una excursión a pie por Ingolstadt antes de que siguiera mi camino; esa era la oportunidad para despedirme del lugar al que había llamado hogar durante mucho tiempo. Acepté felizmente su idea porque disfrutaba de estar activo, y Clerval siempre fue mi compañero favorito cuando se trataba de explorar el campo de nuestra tierra natal.

94   Pasamos dos semanas haciendo estas caminatas: mi salud y estado de ánimo ya habían mejorado, y continuaron mejorando gracias al aire fresco, las cosas interesantes que vimos y hablar con mi amigo. Antes, estudiar me había llevado a aislarme de los demás y a volverme poco sociable. Pero Clerval sacó a relucir mi lado más amable; me recordó cómo apreciar la naturaleza y la energía alegre de los niños. ¡Fuiste un gran amigo! Realmente me amaste y trataste de hacerme más parecido a ti. Yo había sido muy egoísta y de mente estrecha, pero tu amabilidad y amor abrieron mis sentidos y me hicieron sentir vivo de nuevo. Volví a ser la misma persona alegre que era hace unos años, cuando todos me amaban y yo los amaba a ellos, sin preocupaciones ni tristezas. Estar rodeado de la hermosa naturaleza me hacía sentir muy feliz; el cielo despejado y los campos verdes me llenaban de alegría. Esta estación fue verdaderamente maravillosa; las flores de primavera estaban floreciendo en los arbus-

tos, y las flores de verano comenzaban a brotar. Ya no tenía los pensamientos perturbadores que me habían preocupado el año pasado, a pesar de mis esfuerzos por apartarlos.

Henry se alegraba de mi felicidad y simpatizaba sinceramente con mis sentimientos. Era un gran compañero y contaba muchas historias maravillosas para mantenernos entretenidos.

Regresamos a la universidad una tarde de domingo: los campesinos estaban bailando y todos parecían alegres y felices. Mi ánimo estaba por las nubes.

CHAPTER VII

 A NUESTRO REGRESO, encontré una carta de mi padre. Decía:

'Querido Víctor,

Sé que has estado ansioso por recibir una carta mía, diciéndote cuándo puedes volver a casa. Al principio, pensé escribirte sólo unas pocas líneas, mencionando el día en que deberías regresar. Sin embargo, eso sería injusto contigo, y no serlo. Hijo mío, imagina lo impactado que estarías si en lugar de una bienvenida feliz y cálida, te recibiéramos con lágrimas y tristeza. Víctor, ¿cómo puedo contarte sobre las cosas terribles que nos han ocurrido? Sé que aunque hayas estado ausente, todavía te preocupas por nuestra felicidad y tristeza. ¿Cómo puedo hacerle daño a mi hijo que ha estado tanto tiempo lejos? Quiero prepararte para la devastadora noticia, pero sé que es imposible. Puedo ver tus ojos escudriñando la página, buscando las palabras que te darán el espantoso mensaje.

'¡William está muerto! Era un niño tan dulce, siempre sonriente que llenaba de calidez mi corazón. Era tan amable, pero también tan saludable. ¡Víctor, alguien nos ha arrebatado su vida!

'No trataré de consolarte en este momento. En cambio, simplemente te diré lo que sucedió'.

El pasado jueves, 7 de mayo, mi sobrina, tus hermanos y yo fuimos a dar un paseo por Plainpalais. La tarde estaba cálida y tranquila, así que caminamos más lejos de lo habitual y no nos dimos cuenta de que estaba oscureciendo, hasta que no encontramos a William y Ernest; ellos se habían adelantado. Nos sentamos y esperamos a que regresaran, Ernest finalmente volvió y preguntó si habíamos visto a su hermano. Nos contó que había estado jugando con William, quien se había ido a esconder y no había regresado a pesar de que lo esperó por mucho tiempo.

Muy preocupados seguimos buscando hasta que llegó la noche. Elizabeth pensó que tal vez William había regresado a casa, pero no estaba allí. Volvimos al lugar con linternas, porque no podía descansar sabiendo que mi dulce niño estaba perdido y expuesto al frío y la humedad de la noche. Elizabeth también estaba extremadamente preocupada; alrededor de las cinco de la mañana, encontré a mi precioso niño. La noche anterior, estaba lleno de vida y salud, pero ahora yacía en el césped, pálido e inmóvil. Había una marca en su cuello dejada por la mano del asesino.

Lo llevaron para la casa y la tristeza de mi rostro le reveló la verdad Elizabeth. Ella estaba muy ansiosa por ver el cadáver; al principio intenté impedírselo, pero ella insistió y entró en la habitación donde yacía; examinó apresuradamente el cuello de la víctima y, alzando las manos, exclamó: "¡Dios mío! ¡Han asesinado a mi querido niño!".

Se desmayó y su recuperación fue extremadamente difícil. Cuando recuperó el sentido, solo lloraba y suspiraba. Me contó que esa misma noche William le había rogado para que lo dejara usar una valiosa miniatura que ella tenía y que era de tu madre. Esa imagen ha desaparecido y, sin duda, fue la tentación que impulsó al asesino a cometer el acto. Por ahora, no tenemos rastro de él, a pesar de que nuestras diligencias para encontrarlo son incesantes. ¡Pero eso no devolverá a mi amado William!

Ven, querido Víctor, solo tú puedes ayudar a Elizabeth que no para de llorar.

99   Ven, Víctor; abandona los sentimientos de venganza contra el asesino y en su lugar, aborda esta situación con calma y amabilidad, para poder empezar a sanar nuestras mentes heridas. Entra en la casa que está de luto, hijo mío, con amor y cuidado por aquellos que se preocupan por ti y no con odio contra tus enemigos.

Tu amoroso y afligido padre,

Alphonse Frankenstein.

"Ginebra, 12 de mayo de 17—."

CLERVAL, que me había estado observando de cerca mientras leía la carta, se sorprendió al ver la tristeza que reemplazó mi alegría inicial al recibir noticias de mi familia. Coloqué la carta sobre la mesa y me cubrí el rostro con las manos.

"Mi querido Frankenstein", exclamó Henry, al ver mis lágrimas y angustia, "¿siempre vas a ser infeliz? ¿Qué sucedió, querido amigo?"

Le hice un gesto para que cogiera la carta mientras yo caminaba de un lado a otro de la habitación, muy ansioso. Los ojos de Clerval también se llenaron de lágrimas cuando supo de la desgracia que había ocurrido.

"No puedo ofrecerte consuelo, amigo mío", dijo, "tu tragedia no puede negarse. ¿Qué planeas hacer?"

"Necesito ir a Ginebra de inmediato. Ven conmigo, Henry, para que podamos organizar lo de los caballos."

100   Durante nuestro paseo, Clerval intentó ofrecer algunas palabras de consuelo; solo pudo expresar su más sincero pésame. "¡Pobre William!" exclamó, "un niño tan querido y encantador. Ahora descansa junto a su engelical madre. Cualquiera que lo viera, tan hermoso en su juventud; tan brillante y lleno de alegría, lloraría por su pérdida prematura. Morir de una manera tan terrible, estar a merced de las garras de un asesino. ¡Qué tragedia aún mayor, destruir tanta inocencia! ¡Pobre niño! Solo podemos encontrar consuelo en el hecho de que sus amigos lloran, mientras él está en

paz. El dolor ha terminado para él, su sufrimiento ha llegado a su fin para siempre. Ahora yace bajo la tierra, libre de cualquier dolor, ya no necesita nuestra lástima, esa la debemos reservar para los que continúan sufriendo".

Clerval pronunció estas palabras mientras apresuramos el paso por las calles; todas se quedaron grabadas en mi mente y las recordé más tarde cuando estuve solo. Pero en cuanto llegaron los caballos, rápidamente subí al carruaje y me despedí de mi amigo.

Mi viaje fue muy triste. Al principio, quería apurarme para consolar a mis seres queridos en su luto, sin embargo a medida que me acercaba a mi ciudad natal, sentía una sensación de contención que me frenaba. No podía manejar todas las emociones que llenaban mi mente. Pasé por lugares conocidos de cuando era joven, que no había visto en casi seis años. Me preguntaba ¡cómo todo podría haber cambiado durante ese tiempo! Había habido un cambio repentino y devastador, pero seguramente habría otros pequeños cambios igual de importantes. Me sentía asustado; temía avanzar, y sospechaba que podrían acecharme problemas desconocido, no sabía decir exactamente cuáles.

Sintiéndome así, permanecí en Lausana durante dos días. Miré al lago; el agua estaba tranquila y en paz, todo a mi alrededor estaba quieto y en silencio; las montañas nevadas, a las que yo llamaba "los palacios de la naturaleza", no habían cambiado. Poco a poco con esta escena pacífica y hermosa me fui mejorando y pude continuar mi viaje hacia Ginebra.

El camino seguía el borde del lago,que se volvía más estrecho, a medida que me acercaba a la ciudad. Podía ver los lados oscuros del Jura y la brillante cumbre del Mont Blanc con más claridad. Lloré como un niño. "¡Queridas montañas! ¡Mi hermoso lago! ¿Cómo reciben a su vagabundo? Sus cumbres están despejadas, el cielo y el lago son azules y tranquilos. ¿Significa esto que habrá paz o solo se burlan de mi infelicidad"?

Me temo, amigo mío, que podría aburrirte hablando tanto de estos sucesos tempranos. Sin embargo, aquellos fueron días de relativa felicidad, y los recuerdo con cariño. ¡Oh, mi país, mi amado país! Solo alguien nacido aquí puede entender la alegría que sentí al volver a ver los ríos, montañas y, sobre todo, el hermoso lago.

Pero a medida que me acercaba a casa, la tristeza y el miedo volvieron a apoderarse de mí. Cayó la noche y, cuando apenas podía ver las oscuras montañas, me sentí aún más sombrío. La escena se mostraba sombría y llena de problemas, y vagamente sentí que estaba destinado a convertirme en la persona más infeliz de la Tierra. Infelizmente, mi predicción se hizo realidad, y solo estaba equivocado en una cosa: ni siquiera podía imaginar o anticipar una pequeña fracción del dolor que me esperaba.

103   Estaba muy oscuro cuando llegué a las afueras de Ginebra; ya las puertas de la ciudad estaban cerradas, así que tuve que pasar la noche en un pueblo llamado Secheron, a media legua de la ciudad. El cielo estaba despejado y, como no podía dormir, decidí ir a visitar el lugar donde mi pobre William fue asesinado. No podía atravesar la ciudad, entonces tuve que cruzar el lago en un bote para llegar a Plainpalais. Durante este corto viaje, vi cómo los relámpagos formaban hermosas figuras en la cumbre del Mont Blanc. Como la tormenta parecía estar próxima, cuando llegué a la orilla,me subí a una pequeña colina para observar cómo se movía, y noté que se acercaba rápidamente; el cielo se nubló y comenzó a llover, primero lentamente y luego se intensificó.

104   Me puse de pie y continué caminando, aunque cada minuto que pasaba se oscurecía más y la tormenta se intensificaba. Los truenos retumbaban fuertemente sobre mi cabeza, haciendo eco desde Salève, El Jura y los Alpes de Saboya; los destellos brillantes de los relámpagos me cegaban, e iluminaban el lago haciéndolo parecer una enorme sábana de fuego. Luego, por solo un instante, todo se oscurecía hasta que mis ojos lograban acostumbrarse nuevamente a la oscuridad. En Suiza, las tormentas a menudo aparecen en diferentes partes del cielo a la vez. En este caso, la tormenta más feroz se veía directamente al norte del pueblo, sobre la parte del lago entre Belrive y el pueblo de Copêt. Otra tormenta enviaba débiles destellos

de luz al Jura, mientras que otra más hacía que La Mole, una montaña puntiaguda al este del lago, unas veces se viera y otras no.

105 Continué caminando rápidamente, mientras observaba la tormenta tan hermosa como aterradora. Esta noble guerra en el cielo elevaba mi espíritu; junté mis manos y exclamé en voz alta: "¡William, querido ángel!". Mientras pronunciaba estas palabras, vi en la penumbra una figura que salía sigilosamente de detrás de un grupo de árboles cerca de mí. Me quedé parado, observando con atención. No podía equivocarme. La figura pasó rápidamente a mi lado y la perdí de vista en la oscuridad. Nada con forma humana podría haber destruido a aquel niño hermoso. ¡Él era el asesino de mi hermano! No podía dudarlo, estaba convencido de esta verdad. La simple presencia de esa idea era una prueba irresistible de ese hecho. Pensé en perseguir al demonio, pero hubiera sido en vano, porque con otro destello lo descubrí colgando entre las rocas de la ascensión casi perpendicular de Mont Salêve, una colina que limita Plainpalais en el sur. Pronto llegó a la cima y desapareció.

106 Permanecí inmóvil. Ya habían transcurrido casi dos años desde la noche en la que el monstruo había recibido la vida, ¿y este era su primer crimen? ¡Ay! Había soltado en el mundo a un terrible monstruo que se complacía en la miseria; ¿acaso no había sido él quien asesinó a mi hermano?

Nadie puede imaginar la angustia que sufrí durante el resto de la noche, pasé frío por estar mojado y al aire libre. Pero no sentía las molestias del clima; mi imaginación estaba ocupada en escenas de maldad y desesperación. Meditaba sobre el ser que había soltado entre la humanidad; dotado de la voluntad y el poder para llevar a cabo propósitos horribles, como el acto que acababa de cometer, casi como mi propio vampiro, mi propio espíritu liberado de la tumba y obligado a destruir todo lo que me era querido.

107 El sol empezó a salir y caminé hacia la ciudad. Las puertas estaban abiertas, así que me apresuré hacia la casa de mi padre. Mi primer pensamiento fue descubrir lo que sabía sobre el asesino y asegurarme de que fuera perseguido de inmediato. Pero luego me

detuve a pensar en la historia que tenía que contar. Me había encontrado a medianoche, en la peligrosa montaña, a una criatura que yo había creado y dado vida. También recordé la fiebre que tenía cuando creé a esta criatura, lo cual podría hacer que mi historia pareciera delirante. Sabía que si alguien me contara esta historia, creería que estaba loco. Además, esta criatura era tan extraña que sería imposible atraparla, incluso si mi familia me creía y trataba de perseguirla. Y aunque la persiguiéramos, ¿cuál sería el punto? ¿Quién podría atrapar a una criatura que podía trepar por las empinadas laderas del Mont Salêve? Después de pensar en todo esto, decidí guardar silencio.

Eran alrededor de las cinco de la mañana cuando llegué a la casa de mi padre. Le dije a los sirvientes que no despertaran a la familia y me fui a la biblioteca, donde normalmente esperaba a que se despertaran.

Habían pasado seis años, era como un recuerdo lejano la última vez que me despedí de mi padre antes de partir a Ingolstadt. Estaba parado en el mismo lugar donde nos habíamos abrazado. ¡Mi querido y respetado padre! Aún estaba conmigo en espíritu. Miré el cuadro de mi madre que colgaba sobre la chimenea. Era una escena histórica, pintada por petición de mi padre. Caroline Beaufort estaba retratada en un profundo estado de tristeza, arrodillada junto al ataúd de su padre. Su ropa era sencilla y su rostro estaba pálido. Pero había una cierta gracia y belleza en ella que hacía difícil sentir lástima por ella. Debajo de este cuadro había una pequeña foto de William y las lágrimas afloraron en mis ojos al verla. Justo en ese momento entró Ernest. Me había escuchado llegar y se apresuró a saludarme. Expresó tanto tristeza como alegría al verme. "Bienvenido, querido Victor", dijo. "Oh, ojalá hubieras venido hace tres meses. Todos estábamos llenos de tanta felicidad en ese entonces. Vienes ahora en medio de esta desgracia que nada puede aliviar. Pero espero que tu presencia reviva a nuestro padre, quien parece estar perdiendo la esperanza. Y tal vez puedas convencer a la pobre Elizabeth de dejar de culparse y de torturar su alma. ¡Oh, pobre William! ¡Era nuestro querido hermanito, nuestro orgullo y alegría!"

Las lágrimas corrían por el rostro de mi hermano y un sentimiento de dolor intenso me envolvió. Antes, solo me había imaginado la tristeza de nuestra destruida casa; ahora me golpeaba como un nuevo y horripilante desastre. Traté de calmar a Ernest y le pedí más detalles sobre nuestro padre y la persona a la que mencionó, nuestra prima.

"Ella necesita consuelo más que nadie", dijo Ernest, y su voz estaba llena de tristeza. "Se culpa a sí misma por la muerte de mi hermano y eso la atormenta profundamente. Pero desde que hemos descubierto al asesino...".

"¡El asesino encontrado! ¡Dios mío! ¿Cómo es posible? ¿Quién se atrevería siquiera a perseguirlo? Es imposible; es como intentar atrapar al viento o detener un río furioso con una pajita. Yo también lo vi anoche, ¡estaba libre!".

"No entiendo lo que estás diciendo", respondió mi hermano, asombrado. "Pero para nosotros, descubrir la verdad solo ha aumentado nuestra desdicha. Nadie lo creyó al principio, e incluso ahora Elizabeth se niega a aceptarlo, a pesar de todas las pruebas. ¿Quién podría creer que Justine Moritz, quien era amable y amaba tanto a nuestra familia, podría cometer de repente un crimen tan aterrador y espantoso?".

"Justine Moritz. Pobre, pobre chica. ¿Ella es la acusada? Pero es injusto; todo el mundo lo sabe. Seguramente, Ernest, nadie lo cree?".

Al principio nadie lo creía, pero luego salieron a la luz ciertas cosas que casi nos hicieron creerlo. Y las acciones de Justine han sido tan confusas que añaden más pruebas que nos hacen pensar que es culpable. Desafortunadamente, hoy se llevará a cabo su juicio y así sabrás todo.

Me contó que la mañana en que descubrieron el trágico asesinato del pobre William, Justine se había enfermado y había estado en cama durante varios días. Durante ese tiempo, uno de los sirvientes encontró la valiosa miniatura de mi madre entre las ropas que

Justine había usado esa noche. Pensaron que eso fue lo que tentó a la asesina. El sirviente se la mostró a otro sirviente sin decírselo a la familia, y ese sirviente fue a un magistrado. Basado en sus declaraciones, arrestaron a Justine. Cuando la acusaron, ella actuó realmente confundida, lo que hizo que la gente sospechara aún más.

Era una historia extraña, pero no me hizo dudar. Dije firmemente: "Todos están equivocados. Sé quién es el asesino. Justine, pobre y amable Justine, es inocente".

En ese momento, mi padre entró. Vi que lucía realmente triste, pero intentó saludarme con alegría. Después de decirnos nuestros tristes saludos, él intentó hablar de otra cosa. Pero antes de que pudiera hacerlo, Ernest exclamó: "¡Dios mío, papá! Víctor dice que sabe quién mató al pobre William".

"Nosotros también lo sabemos, tristemente", respondió mi padre. "Hubiera preferido nunca haberlo sabido y no haber descubierto tanta maldad e ingratitud en alguien a quien admiraba tanto".

"Papá, te equivocas. Justine es inocente", dije.

"Si lo es, espero y rezo para que no sea castigada como si fuera culpable. Hoy será juzgada y sinceramente espero que la declaren inocente", dijo mi padre.

Me sentí mejor al escuchar las palabras de mi padre. Creía firmemente que Justine, al igual que cualquier persona, no era culpable de este asesinato. Así que no me asustaba porque ninguna prueba sería lo suficientemente contundente para demostrar que ella lo había hecho. La historia que tenía que contar no era algo que pudiera compartir con todos; era demasiado horrible para que la mayoría de las personas la entendiera. ¿Alguien, aparte de mí, su creador, creería en la existencia del terrorífico resultado que había desatado sobre el mundo, resultado de mi arrogancia e ignorancia?

Pronto se nos unió Elizabeth. El tiempo la había cambiado desde la última vez que la vi; la había vuelto aún más hermosa que cuando era niña. Todavía conservaba su honestidad y energía, pero ahora había una expresión añadida de sensibilidad e inteligencia. Ella me dio la bienvenida con mucho amor. "Tu llegada, mi querido primo", dijo, "me da esperanza. Tal vez puedas encontrar una manera de demostrar que Justine es inocente. Pero ¿quién estará a salvo si la declaran culpable de un asesinato? Creo en su inocencia tan fervientemente como creo en la mía propia. Nuestra desgracia nos está afectando mucho; no solo perdimos a nuestro precioso niño, sino que también esta pobre chica a la que verdaderamente amo será llevada hacia un destino aún peor. Si es condenada, nunca volveré a encontrar la alegría. Pero sé que no lo será, estoy segura. Y volveré a ser feliz, incluso después de la triste muerte de mi pequeño William".

"Ella es inocente, mi Elizabeth", dije, "y lo probaremos. No te preocupes, deja que tu ánimo se eleve sabiendo que la absolverán".

"¡Eres tan amable y generoso! Todos los demás creen que es culpable, y eso me ha hecho sentir miserable porque sabía que era imposible. Ver a todos los demás tan prejuiciosos me hizo perder la esperanza y sentir desesperación", lloró.

"Mi querida sobrina", dijo mi padre, "deja de llorar. Si de verdad es inocente, confía en la imparcialidad de nuestras leyes y en mi determinación de evitar cualquier indicio de prejuicio".

CHAPTER VIII

113   Muy tristes esperamos durante algunas horas hasta las once en punto, cuando se suponía que iba a comenzar el juicio. Dado que mi padre y el resto de la familia debían estar allí como testigos, fui con ellos al tribunal. Todo el juicio fue una terrible burla a la justicia, y me torturó presenciarlo. El destino de dos vidas dependía de esta decisión: un bebé inocente y alegre, y una joven llamada Justine que tenía muchas cualidades positivas y un futuro prometedor. Pero ahora, todo le sería arrebatado de una manera vergonzosa, y yo era el responsable. Hubiera preferido admitir ser culpable del crimen del que acusaban a Justine, aunque no estuviera presente cuando sucedió. Pero si hiciera tal confesión, la gente pensaría que estoy loco y no limpiaría su nombre.

114   La apariencia de Justine era tranquila. Estaba vestida completamente de negro y su cara, siempre cautivadora, mostraba sinceridad y belleza. Era a la vez firme y constante, lo cual seguramente no era lo que quienes la observaban esperaban ver. Cuando entró al tribunal, recorrió la sala con la mirada y rápidamente descubrió dónde estábamos sentados. Una lágrima pareció nublar sus ojos cuando

nos vio, pero rápidamente se recompuso y una expresión triste de afecto pareció atestiguar su total inocencia.

115   El juicio comenzó. La persona que acusaba a Justine explicó la acusación y luego llamaron a varios testigos para declarar. Había algunos hechos extraños que parecían estar en su contra, pero yo tenía pruebas de su inocencia, así que no me preocupaban tanto. Dijeron que ella había estado fuera toda la noche en que ocurrió el asesinato, y alguien la vio cerca del lugar donde encontraron el cuerpo del niño por la mañana. La persona le preguntó qué hacía allí, pero ella se veía extraña y dio una respuesta confusa. Regresó a la casa alrededor de las ocho en punto, y cuando alguien le preguntó dónde había estado toda la noche, dijo que estaba buscando al niño y preguntó desesperadamente si habían oído algo sobre él. Cuando le mostraron el cuerpo, tuvo una reacción fuerte y se volvió histérica. Permaneció en cama durante varios días. Luego, mostraron la miniatura que el criado encontró en su bolsillo. Elizabeth, hablando con voz temblorosa, confirmó que era la valiosa miniatura de mi madre que había puesto en el cuello del niño solo una hora antes de que desapareciera. El tribunal se llenó de horror y enojo.

Finalmente, llegó el turno de Justine para defenderse. A medida que avanzaba el juicio, su rostro cambió. Se veía sorprendida, horrorizada y abatida. A veces intentaba contener las lágrimas, pero cuando se le pidió que hablara, se recompuso y habló con una voz que se escuchaba, aunque cambiaba en intensidad.

116   "Dios sabe", dijo, "cuán completamente inocente soy. Pero entiendo que con solo decir que soy inocente no es suficiente para demostrarlo. Estoy dando una explicación clara y sencilla de los hechos que se han usado en mi contra, y espero que mi buena reputación lleve a los jueces a ver las cosas de manera positiva cuando algo parezca incierto o sospechoso".

117   Entonces relató que, con el permiso de Elizabeth, se había quedado en la casa de una tía en Chêne, un pueblo situado a una legua aproximadamente de Ginebra. A su regreso, alrededor de las nueve en punto, se encontró con un hombre que le preguntó si había

visto un niño perdido. Esto la alarmó y pasó varias horas buscándolo. Se vio obligada a permanecer varias horas de la noche en el granero de una cabaña, ya que no quería despertar a los habitantes, a quienes ella conocía bien. Pasó la mayor parte de la noche allí vigilando. Ya estaba amaneciendo, y ella pensó que tal vez podría encontrar a mi hermano. Si se había acercado al lugar donde yacía su cuerpo, fue sin que ella lo supiera. No era de extrañar que estuviera confundida cuando la interrogó la mujer del mercado, ya que había pasado la noche en vela y el destino del pobre William todavía era incierto. En cuanto a la imagen, no recordaba nada.

"Entiendo", dijo muy triste, "que esto me hace parecer realmente culpable, pero no puedo explicarlo. Cuando digo que no tengo idea de cómo llegó allí, solo puedo intentar adivinar cómo pudo haber terminado en mi bolsillo. Pero aún así, no puedo estar segura. No creo tener enemigos e, incluso si los tuviera, no puedo imaginar por qué harían algo tan cruel para dañarme. ¿Podría haberlo puesto el asesino? No sé en qué momento tuvo la oportunidad, e incluso si la hubiera tenido, ¿por qué robarían la joya, para deshacerse de ella rápidamente?

"Confío en los jueces para que me den un juicio justo, pero no veo muchas esperanzas. Me gustaría que algunas personas que me conocen testifiquen sobre mi buen comportamiento. Pero si sus palabras no logran demostrar que no soy culpable, seré condenada, a pesar de saber que soy inocente".

Se llamó a varios testigos que la conocían desde hacía mucho tiempo, y hablaban positivamente de ella. Sin embargo, debido al miedo y al odio hacia el crimen que pensaban que había cometido, tenían demasiado miedo para presentarse. Elizabeth vio que la última esperanza; las buenas cualidades y su comportamiento inocente, estaba a punto de desaparecer. Entonces, a pesar de sentirse muy contrariada, preguntó si podía hablar ante el tribunal.

"Soy", dijo ella, "la prima del niño que desafortunadamente fue asesinado, o más bien su hermana, porque fui criada por sus padres y he vivido con ellos incluso antes de que él naciera. Algunos podrían considerar inapropiado que hable en esta situación, pero cuando veo a una persona a punto de ser condenada debido a la cobardía de sus supuestos amigos, quiero hablar y compartir lo que sé sobre su carácter. Conozco muy bien a la acusada. Vivimos juntas en la misma casa, primero durante cinco años y después durante casi dos años. En todo ese tiempo ella me pareció una persona muy amable y cariñosa. Cuidó de mi tía, Madame Frankenstein, con gran amor y dedicación durante su última enfermedad. Y más tarde, también cuidó de su propia madre durante una larga enfermedad, impresionando a todos los que la conocían con su devoción. Después de eso, vivió en la casa de mi tío donde fue amada por toda la familia. Estaba profundamente unida al niño que falleció y lo trataba como una madre amorosa. Personalmente, no tengo ninguna duda en decir que, a pesar de todas las pruebas en su contra, creo en su completa inocencia. Ella no tenía motivos para hacer algo así. Y en cuanto a la valiosa miniatura, que es la principal prueba en su contra, si realmente la hubiera deseado, yo se la habría dado con gusto, porque la respeto y valoro mucho".

Un murmullo de aprobación siguió al sincero y poderoso ruego de Elizabeth. Pero la gente solo estaba contenta con su intervención, no del lado de la pobre Justine, que se enfrentaba a la renovada ira del público. La acusaron de la peor traición. Justine lloraba mientras Elizabeth hablaba, pero no dijo nada. Yo estuve extremadamente agitado y angustiado durante todo el juicio. Creía en su inocencia, lo sabía. ¿Podría el monstruo, que no tenía dudas, asesinó a mi hermano también haber traicionado a la inocente hasta llevarla a la muerte y la vergüenza por su cruel diversión? No podía soportar el horror de todo aquello. Cuando vi que el público y los jueces ya habían condenado a mi pobre víctima, salí corriendo de la sala del tribunal en agonía. El sufrimiento de la acusada no era tan intenso como el mío. Tenía la inocencia que la sostenía, pero yo estaba consumido por el remordimiento. El tormento no me dejaba en paz.

Pasé una noche llena de pura agonía. Cuando llegó la mañana, fui al tribunal. Mis labios y garganta estaban secos. No pude hacer la temida pregunta, pero me reconocieron y el oficial entendió por qué estaba allí. Las boletas habían sido emitidas. Todas eran negras, y Justine fue condenada a muerte.

121 No puedo expresar por completo los sentimientos que me embargaban en aquel momento. Quise poner en palabras todos los sentimientos de horror del pasado. Pero no hay palabras para describir la terrible desesperación que sentía. La persona con la que hablaba añadió que Justine ya había admitido su culpabilidad. Dijo que esta evidencia no era realmente necesaria porque el caso estaba muy claro, pero le alegraba que estuviera allí. A nuestros jueces no les gusta condenar a alguien basándose solo en pruebas circunstanciales, sin importar cuán convincentes puedan ser.

Esta noticia era extraña e inesperada. ¿Qué podría significar? ¿Estaba viendo cosas? ¿Realmente estaba tan loco como la gente pensaría si les contara lo que sospechaba? Me apresuré a casa, y Elizabeth me preguntó ansiosamente por el resultado.

"Resultó como probablemente esperabas", respondí. "Los jueces prefieren ver a diez personas inocentes sufrir y dejar escapar al culpable. Pero Justine confesó".

Este fue un terrible golpe para la pobre Elizabeth, quien había creído firmemente en la inocencia de Justine. "¡Oh no!" exclamó. "¿Cómo puedo volver a confiar en la bondad de las personas? Justine, a quien amaba y consideraba como una hermana, ¿cómo pudo fingir ser inocente y luego traicionarnos a todos? Sus amables ojos nunca mostraron ningún indicio de dureza o engaño, y sin embargo, cometió un asesinato".

122 Un tiempo después, nos enteramos de que la pobre víctima había expresado el deseo de ver a mi prima. Mi padre no quería que ella fuera, pero dijo que ella decidiera. "Sí", dijo Elizabeth, "iré, incluso aunque sea culpable. Y tú, Víctor, vendrás conmigo. No puedo ir sola." Pensar en esa visita me atormentaba, pero no podía decir que no.

Entramos en la oscura habitación de la prisión y vimos a Justine sentada sobre un montón de paja en una esquina. Tenía las manos encadenadas y tenía la cabeza apoyada en las rodillas. Cuando nos vio entrar, se puso de pie. Cuando estuvimos solos con ella, se arrojó a los pies de Elizabeth, llorando descontroladamente. Mi prima también lloró.

"Oh, Justine", dijo Elizabeth, "¿por qué te llevaste mi última esperanza? Creí en tu inocencia, y aunque era infeliz, no estaba tan desesperada como ahora".

"¿Y también crees que soy tan, tan malvada? ¿También te unes a mis enemigos para destruirme, para condenarme como asesina?" Apenas podía hablar entre sollozos.

"Levántate, pobre chica", dijo Elizabeth, "¿por qué estás de rodillas si eres inocente? No soy una de tus enemigas. Creí en tu inocencia, incluso con todas las pruebas en tu contra, hasta que escuché que habías confesado. Dices que ese informe es falso, y déjame decirte, querida Justine, que nada puede hacerme dudar de ti ni un solo instante, solo tu propia confesión".

"Acepté mentir. Lo admití buscando perdón, pero ahora esa falsedad pesa en mi corazón aún más que mis otros pecados. ¡Que Dios me perdone! Desde que fui condenada, mi confesor me ha acosado constantemente; me amenazaba y me asustaba, haciéndome creer que yo soy el monstruo que él dice que soy. Me amenazó con excomulgarme y mandarme al infierno si no cambiaba de opinión. Querida señora, no tenía a nadie que me apoyara; todos me veían como una miserable destinada a la vergüenza y la destrucción. ¿Qué podía hacer? En un momento de debilidad, mentí, y ahora soy verdaderamente desdichada".

Ella hizo una pausa, llorando, y luego continuó: "Me aterraba la idea de que tú, querida señora, creyeras que Justine, a quien tu amable tía había honrado y a quien amabas, fuera capaz de un crimen que solo el diablo mismo podría cometer. ¡Querido William! ¡Mi niño amado y bendito! Nos veremos pronto en el cielo, donde todos seremos felices. Eso me reconforta aunque esté a punto de sufrir la vergüenza y la muerte".

"Oh, Justine, por favor, perdóname por dudar de ti, aunque solo haya sido por un momento. ¿Por qué confesaste? Pero no te preocupes, querida chica. No tengas miedo. Declararé tu inocencia y lo demostraré. Suavizaré los corazones de tus enemigos con mis lágrimas y mis oraciones. ¡No morirás! ¡Tú, mi amiga, mi compañera, mi hermana, no perecerás en el cadalso! ¡No! Nunca podría sobrevivir una tragedia tan terrible".

124   Justine sacudió tristemente la cabeza. "No tengo miedo de morir ahora", dijo. "He encontrado fuerza en Dios y Él me da valor para enfrentar lo peor. Estoy dejando atrás un mundo triste y duro. Si me recuerdas y piensas en mí como alguien acusado injustamente, acepto el destino que me espera. Aprende de mí a aceptar pacientemente lo que el Cielo ha planeado para nosotros, querida señora".

Durante su conversación, me había ido a un rincón de la habitación de la prisión para ocultar mi intensa angustia. ¡Desesperación! ¿Quién se atrevería a hablar de tal cosa? La pobre víctima, que pasaría al terrible límite entre la vida y la muerte al día siguiente, no sentía tanta agonía profunda y amarga como la que me consumía. Apreté los dientes y gemí desde lo más profundo de mi alma. Justine se sobresaltó. Se acercó a mí y me dijo: "Amable señor, usted es muy amable al visitarme. Espero que no crea que soy culpable".

No pude responder. "No, Justine", interrumpió Elizabeth. "Él está más convencido de tu inocencia que yo. Incluso después de escuchar que confesaste, él no lo creyó".

"Le agradezco sinceramente. En estos momentos finales, tengo la mayor gratitud hacia aquellos que piensan en mí con afecto. La simpatía de los demás es tan dulce para alguien como yo, que ha pasado por tanto. Alivia más de la mitad de mi dolor. Ahora que tú, querida señora, y tu primo creen en mi inocencia, siento que puedo abrazar pacíficamente la muerte".

125   Así, la pobre condenada intentó consolar a los demás y a sí misma. Logró lo que deseaba. Pero yo, el verdadero asesino, sentía el infierno vivo en mi pecho que no daba esperanza ni consuelo. Elizabeth también lloraba y era infeliz, pero la suya era la desesperación de la inocencia. Yo estaba destrozado. Tenía un dolor infernal dentro

de mí, del que no podía deshacerme. Permanecimos varias horas con Justine y fue con mucho dolor que Elizabeth pudo separarse. "Desearía", exclamó, "morir contigo; no puedo vivir en este mundo miserable".

Justine asumió un aire de alegría mientras reprimía con dificultad sus lágrimas amargas. Abrazó a Elizabeth y dijo, con una voz de emoción medio contenida: "Adiós, dulce dama, querida Elizabeth, mi amada y única amiga; que el Cielo, en su generosidad, te bendiga y te preserve; ¡que esta sea la última desgracia que sufras! Vive y sé feliz y haz que otros también lo sean".

Y al día siguiente, Justine murió. Las desgarradoras palabras de Elizabeth no lograron persuadir a los jueces para que cambiaran su opinión sobre la culpabilidad de la inocente. Mis apasionadas y enfurecidas súplicas cayeron en oídos sordos. Cuando escuché sus frías respuestas y escuché el razonamiento desalmado de estos hombres, no pude confesar la verdad. El resultado habría sido declarar mi propia locura, pero no habría cambiado la sentencia dada a mi desafortunada víctima. ¡Pereció en el cadalso como una asesina!

Abrumado por la culpa, puse mi atención en la profunda y silenciosa tristeza de Elizabeth. ¡También era responsable de esto! Mis acciones llevaron a la angustia de mi padre y a la destrucción de nuestro hogar, antes feliz. Lloren, queridos míos, ¡pero estas lágrimas no serán las últimas! ¡Llorarán de tristeza una y otra vez! Frankenstein, su hijo, pariente y antiguo amigo, quien sacrificaría todo por ustedes, solo encuentra alegría al ver cómo sus rostros se iluminan. Solo desea llenar sus vidas de bendiciones y servirles incansablemente. Les pido que lloren, que derramen incontables lágrimas. Tal vez entonces, si el destino puede ser aplacado y la destrucción puede detenerse antes de que reclame su paz en la tumba, podrán encontrar alivio en su tormento.

Mi voz interior pronunció estas palabras, presagiando el futuro, mientras me consumían la culpa, el miedo y la tristeza. Observé a aquellos a quienes amaba llorar en las tumbas de William y Justine, las primeras víctimas trágicas de mis experimentos prohibidos.

68

CHAPTER IX

128 NADA ES MÁS doloroso para la mente humana que la quietud y la certeza que le siguen a intensos sentimientos y sucesos. Cargamos con la esperanza y el miedo. Justine murió y yo seguía vivo. Mi cuerpo estaba lleno de sangre, pero mi corazón estaba lleno de desesperación y arrepentimiento sin encontrar alivio. No podía dormir. Me sentía como un espíritu maligno que había hecho cosas terribles que ni siquiera puedo describir con palabras. Y me convencí de que había más, muchas más cosas que aún tenía que hacer. A pesar de esto, aún sentía bondad y deseo de hacer el bien. Empecé mi vida con buenas intenciones y quería marcar la diferencia para los demás. Pero ahora todo estaba arruinado. En lugar de sentirme feliz por lo logrado en el pasado y mirar hacia un futuro prometedor, estaba consumido por la culpa y el arrepentimiento. Sentía como si me estuviera hundiendo en un dolor indescriptible.

La tristeza hizo que mi salud se deteriorara, ya que nunca me había recuperado por completo del primer shock que experimenté. Evitaba estar cerca de otras personas. Cualquier sonido de felicidad o alegría era insoportable para mí. Lo único que me brindaba consuelo era estar solo en total oscuridad y silencio, como si estuviera muerto.

129   Mi padre observó mi estado e hizo lo posible por ayudarme a encontrar claridad y darme confianza. Me preguntó: "¿Crees Víctor que yo no sufro también?" Nadie podría amar a un hijo más de lo que yo amaba a tu hermano. No sientas que tienes que reprimir tus propias emociones. Siente lo que necesites sentir".

Este consejo, aunque bueno, era totalmente inaplicable en mi caso. Debería haber sido yo el primero en consolar a mis parientes, pero en cambio, el arrepentimiento se había apoderado por completo de mí. Ahora solo podía responder a mi padre con una expresión de tristeza e intentar esconderme de él.

130   En aquel momento, mi familia y yo nos mudamos a nuestra casa en Belrive. Estaba realmente feliz por este cambio. Vivir dentro de los muros de Ginebra se había vuelto frustrante porque las puertas se cerraban todas las noches a las diez, y no podíamos quedarnos en el lago después de esa hora. Pero ahora, por fin era libre.

A veces, cuando todos los demás en la familia se habían ido a dormir, yo salía en barco y pasaba horas en el agua. Me dejaba llevar por el viento que impulsaba las velas. O a veces, remaba hasta el medio del lago y dejaba que el barco se deslizara solo mientras me perdía en mis tristes pensamientos.

Había momentos en los que estaba tentado a hundirme en el lago silencioso, esperando que me tragara a mí y a mis problemas para siempre. Pero luego pensaba en Elizabeth, la valiente persona que amaba profundamente y cuya vida estaba conectada a la mía. También pensaba en mi padre y en mi hermano sobreviviente. Si los abandonaba y los dejaba desprotegidos frente a la criatura que estaba suelta, sería un acto cobarde.

131   En esos momentos las lágrimas corrían por mi rostro y deseaba desesperadamente paz en mi mente para poder brindar consuelo y felicidad a mis seres queridos. Pero eso era imposible. El remordimiento aplastaba cualquier esperanza. Yo era responsable de un daño irreversible y cada día vivía con el temor de que el monstruo que había creado cometiera más crímenes. Tenía la sospecha de que aquello no había terminado y que él seguiría haciendo cosas terri-

bles, aún más aterradoras que sus crímenes pasados. Mientras hubiera algo que yo pensara siempre el miedo encontraba una forma de entrar. Las palabras no pueden expresar mi repugnancia por el monstruo. Cada vez que pensaba en él, apretaba los dientes, mis ojos ardían de rabia y deseaba fervientemente terminar con la vida, que insensatamente, yo le había dado. Cuando consideraba la magnitud de sus crímenes y su crueldad, mi odio y deseo de venganza eran ilimitados. Si pudiera, subiría a la cima más alta de los Andes solo para lanzarlo al vacío. Anhelaba encontrarme cara a cara con él nuevamente, para poder descargar toda mi repugnancia y vengar las muertes de William y Justine.

132 Nuestra casa estaba llena de tristeza. Los terribles sucesos recientes habían afectado mucho la salud de mi padre. Elizabeth estaba triste y desesperada. Ya no encontraba alegría en sus actividades habituales, y creía que sentir cualquier placer era una falta de respeto a la memoria de los muertos. Pensaba que la tristeza eterna y las lágrimas eran la única forma de honrar la inocencia que fue destruida. Ya no era la persona feliz que era cuando juntos paseábamos por el lago y hablábamos felices de nuestro futuro. La primera de las tristezas destinada a separarnos de las cosas terrenales había llegado a ella, y sus efectos habían borrado sus sonrisas más brillantes.

133 "Cuando pienso en la triste muerte de Justine Moritz, mi querido primo", dijo, "el mundo ya no parece igual. En el pasado, cuando leía sobre la maldad y la injusticia en los libros o me enteraba de ellas por otros, las veía como historias antiguas o de ficción. Parecían algo lejano que la razón comprendía mejor que la imaginación. Pero ahora, la tristeza ha llegado a nuestra puerta y las personas parecen monstruos sedientos del daño ajeno. Sin embargo, sé que estoy siendo injusta. Todos creían que esa pobre chica era culpable, y si realmente hubiese cometido el crimen del que se la acusaba, sería la persona más malvada. ¡Matar al hijo de su protector y amigo, alguien a quien ha cuidado desde su nacimiento y amado como si fuese su propio hijo, todo por una joya! Nunca podría estar de acuerdo con la

muerte de otro ser humano, pero creo que alguien así no merecía vivir en sociedad. Pero ella era inocente. Lo sé, lo siento, y tu opinión me respalda. Oh no, Víctor, cuando las mentiras parecen verdad, ¿cómo podemos sentirnos seguros acerca de la felicidad? Siento como si estuviera caminando al borde de un precipicio, con miles de personas empujándome hacia el abismo. William y Justine fueron asesinados y el asesino está libre, tal vez hasta siendo respetado por la sociedad. Pero incluso si fuera condenada a morir por esos crímenes, nunca quisiera encontrarme con una persona tan miserable".

134 Sentí un dolor inmenso mientras escuchaba sus palabras. De alguna manera, yo era el verdadero asesino. Elizabeth podía ver el sufrimiento reflejado en mi rostro, amablemente tomó mi mano y dijo: "Mi amigo más querido, debes calmarte. Estos sucesos me han afectado profundamente, pero no estoy tan desolada como tú. La desesperación y a veces la mirada vengativa en tu rostro me asustan. Víctor, por favor, deja atrás esos malos sentimientos. Recuerda a los amigos que se preocupan por ti y quieren verte feliz. ¿Hemos perdido la capacidad de hacerte feliz? Mientras nos amemos mutuamente en este lugar pacífico y hermoso, tu hogar, podemos ser bendecidos. ¿Qué podría perturbar nuestra paz?"

¿Podrían las palabras, dichas por la persona que más quería, ser suficientes para alejar al monstruo interno que me atormentaba? Mientras ella hablaba me fui acercando, temiendo que de momento, el salvaje estuviera cerca y listo para arrebatármela.

Pero ni el calor de la amistad ni la belleza del mundo, ni siquiera la belleza del cielo, podían liberar mi alma de la tristeza. Incluso las palabras de amor eran impotentes. Estaba rodeado de una nube que nada positivo podía atravesar. El ciervo herido, arrastrando sus cansadas patas hacia un lugar oculto, donde podía contemplar la flecha que lo había herido y morir, era un símbolo de mi propia situación.

135 A veces podía lidiar con la profunda tristeza que me invadía. Pero otras, mis abrumadoras emociones me llevaban a buscar alivio en el

ejercicio. De repente, dejé mi hogar y me dirigí hacia los cercanos valles alpinos. Esperaba que la inmensidad de aquellos lugares me ayudara a olvidarme de mí y de mis humanas penas temporales. Específicamente, fui al valle de Chamounix, que había visitado muchas veces cuando era más joven. Habían pasado seis años desde mi última visita, y aunque yo estaba hecho un desastre, aquellos paisajes salvajes y perpetuos seguían siendo exactamente los mismos.

136 Comencé mi viaje cabalgando a caballo. Más tarde, alquilé una mula porque son más seguras y menos propensas a lastimarse en estos caminos difíciles. El clima era agradable, era mediados de agosto, casi dos meses después de que Justine muriera. Fue un momento realmente triste para mí. Pero a medida que me adentraba más en el barranco de Arve, me fui sintiendo mejor. Las enormes montañas y acantilados a mi alrededor, el sonido del río corriendo entre las rocas y las cataratas cayendo, mostraban un poder más fuerte que cualquier otra cosa en el mundo. Dejé de tener miedo o preocupación por cualquier cosa, excepto por aquel hizo y controla todo a mi alrededor. Subiendo más alto por el valle, todo se volvía aún más asombroso e impresionante. Había castillos en ruinas colgados en las montañas empinadas cubiertas de pinos, el fuerte río Arve y las pequeñas casitas que aparecían aquí y allá entre los árboles. Era una escena de belleza inusual. Pero lo que lo hacía aún más increíble eran los majestuosos Alpes. Sus imponentes picos y cúpulas brillantes se alzaban sobre todo lo demás, como si pertenecieran a un mundo diferente, el hogar de un tipo diferente de personas.

137 Crucé el puente de Pélissier y comencé a subir la montaña que cuelga sobre el barranco del río. Luego entré al valle de Chamounix. Este valle es impresionante y grandioso, pero no tan bonito y pintoresco como el valle de Servox que acababa de atravezar. Las altas montañas nevadas eran sus límites, pero no vi más castillos en ruinas ni campos fértiles. Los enormes glaciares se acercaban a la carretera; escuchaba el estruendo fuerte de las avalanchas y veía el

rastro de humo que dejaban detrás. El Mont Blanc, la montaña más alta y magnífica, se alzaba sobre el valle con su imponente cima.

Durante este viaje, a menudo sentía una sensación de placer que no había sentido en mucho tiempo. A veces, un giro en el camino o una nueva cosa que veía me recordaba los días de aquella felicidad despreocupada de mi infancia. Pero luego, esa sensación reconfortante se desvanecía y me encontraba atrapado en la tristeza una vez más, sumergido en la desolación de mis pensamientos. En esos momentos, espoleaba al animal para que siguiera adelante, tratando desesperadamente de olvidar el mundo, mis miedos y, sobre todo, a mí mismo. En otros momentos de completa desesperanza, me bajaba de la mula y me desplomaba sobre el césped, abrumado por el horror y la desesperación.

138 Finalmente, llegué al pueblo de Chamounix. Estaba completamente agotado, tanto física como mentalmente. Me quedé parado junto a la ventana un rato, observé los tenues destellos de los relámpagos iluminando el Mont Blanc y escuché el rugido del río Arve que fluía abajo. Estos sonidos reconfortantes actuaron como una canción de cuna, calmando mis intensas emociones. Cuando apoyé mi cabeza en la almohada, el sueño me envolvió suavemente. Era consciente de su llegada y me sentí agradecido por el alivio que traía.

CHAPTER X

139 EL DÍA SIGUIENTE, lo pasé explorando el valle. Me paré donde nace el río Arveiron, que fluye desde un glaciar que se desplaza lentamente desde lo alto de las colinas para bloquear el valle. Me rodeaban enormes montañas, con un glaciar helado suspendido en lo alto. Había algunos pinos rotos dispersos por el lugar. Los únicos sonidos en este impresionante lugar eran el ruido de las olas del río, el estruendo de grandes trozos de hielo cayendo y el retumbante rugido de las avalanchas resonando entre las montañas. El hielo parecía invencible, sin embargo, ocasionalmente se rompía como si fuera un juguete. Estas vistas asombrosas y deslumbrantes me brindaron la mayor tranquilidad que pude encontrar. Me hicieron sentir más grande que mis problemas y, aunque no pudieran aliviar mi tristeza, me calmaron y reconfortaron. También ayudaron a distraer mi mente de los pensamientos que me habían consumido durante el último mes. Cuando me fui a dormir esa noche, mis sueños estaban llenos de las imágenes majestuosas que había visto durante el día. La cima de la montaña de blanco puro, el pico brillante, los bosques de pinos, el barranco agreste y el águila que surcaba el cielo alto: todos ellos se reunieron a mi alrededor y me dijeron que encontrara la paz.

140   ¿A dónde fueron cuando desperté a la mañana siguiente? Todas las cosas que llenaban mi alma de inspiración desaparecieron junto con el sueño, y una oscura tristeza empañó cada pensamiento. La lluvia caía fuertemente y una espesa niebla cubría las cimas de las montañas, así que ni siquiera podía ver los rostros de esos poderosos amigos. Pero estaba decidido a descubrirlos en sus escondites nebulosos. ¿Qué importaba la lluvia y la tormenta para mí? Mi mula fue traída a la puerta y decidí subir hasta la cima de Montanvert. Recordé cómo el constante movimiento del enorme glaciar me había impresionado la primera vez que lo vi. Me había llenado de una gran emoción que elevó mi espíritu del mundo ordinario hacia la alegría y la luz. Ver lo imponente y majestuoso de la naturaleza siempre tenía el poder de hacerme sentir tranquilo y olvidar las preocupaciones de la vida cotidiana. Tomé la decisión de ir solo, sin guía, porque tener a alguien más allí le restaría solemnidad a la solitaria a la escena.

141   El camino a la montaña es muy empinado, pero tiene muchas curvas que ayudan a subir las partes más inclinadas. El paisaje es extremadamente desolado. Se pueden ver las secuelas de las avalanchas del invierno en muchos lugares donde los árboles están rotos y dispersos por el suelo. Algunos árboles están completamente destruidos, mientras que otros están doblados e inclinados sobre las rocas u otros árboles. A medida que subes más alto, el camino se cruza con barrancos llenos de nieve, y las piedras siguen rodando desde arriba. Uno de estos barrancos es especialmente peligroso porque incluso un pequeño sonido, como hablar en voz alta, puede ser riesgoso para la persona. Los pinos no son altos ni exuberantes, pero son oscuros y agregan una sensación lúgubre a la escena. Miré el valle abajo y pude ver la gruesa niebla levantándose de los ríos que lo atravesaban. La niebla rodeaba las montañas del otro lado, ocultando sus cimas en las nubes. Estaba lloviendo y el cielo estaba oscuro, esto hacía que los objetos circundantes se vieran aún más tristes y sombríos. Oh, ¿por qué los humanos se enorgullecen de tener emociones más grandes que los animales? Solo nos hace más vulnerables. Si tan solo tuviéramos necesidades básicas como el hambre, la sed y el deseo,

podríamos ser casi libres. Pero ahora, nos vemos afectados por cada pequeña cosa, cada palabra pronunciada o escena que presenciamos.

Tomamos un descanso y un sueño puede arruinarnos el reposo.

Nos despertamos y un pensamiento errante estropea nuestro día.

Experimentamos, imaginamos o pensamos. Reímos o lloramos,

Abrazamos la tristeza o dejamos ir nuestras preocupaciones...

Todo es lo mismo: ya sea felicidad o tristeza,

La forma en que desaparece permanece inalterada.

El pasado de una persona puede nunca ser como su futuro;

¡Nada puede durar excepto el cambio!

Era casi mediodía cuando alcancé la cima de la colina. Me senté en una roca y contemplé el mar helado que se extendía debajo. Había una niebla que cubría el hielo y las montañas circundantes. Pero entonces llegó una brisa y dispersó la niebla, así que empecé a bajar hacia el glaciar. La superficie era irregular, como las olas en un mar tormentoso, con zonas lisas y grietas intercaladas. El campo de hielo tenía aproximadamente una milla de ancho y me tomó casi dos horas atravesarlo. Al otro lado, había una empinada montaña rocosa. Desde donde me encontraba, podía ver Montanvert, un lugar a aproximadamente una milla de distancia. Y sobre él, estaba Mont Blanc, una montaña majestuosa que lucía realmente impresionante. Encontré un lugar entre las rocas y simplemente me quedé mirando esta escena asombrosa. El río de hielo se abría paso entre las montañas, con sus picos altos brillando bajo el sol por encima de las nubes. Mi corazón, que antes estaba triste, ahora se sentía un poco feliz. No pude evitar decir: "Si hay un espíritu errante ahí fuera, por favor, permíteme tener esta pequeña felicidad o llévame contigo, lejos de los problemas de la vida".

Mientras hablaba, vi de pronto, a un hombre a lo lejos; se acercaba más rápido de lo que cualquier ser humano podría hacerlo. Saltaba por encima de las grietas del hielo, por donde yo había estado caminando cuidadosamente. A medida que se acercaba, me di cuenta de que era más alto que una persona común. Tenía miedo y me sentía mareado, pero el frío viento de las montañas me hizo reaccionar. Vi, horrorizado, que la figura que se acercaba era el monstruo que yo había creado. Temblando de ira y miedo, decidí enfrentarlo y luchar con él hasta la muerte. Se acercaba más, su rostro mostraba tanto angustia como odio, y mirar su feo y antinatural rostro resultaba demasiado terrible. Pero yo estaba totalmente consumido por la rabia y el odio como para darme cuenta. Al principio, no podía hablar porque estaba demasiado tenso, pero luego encontré las palabras adecuadas y desaté una tormenta de furia odio y desprecio sobre él.

"¡Monstruo!" grité. "¿Cómo te atreves a acercarte a mí? ¿No tienes miedo de la feroz venganza que caerá sobre ti? ¡Vete, repugnante criatura! ¡No, quédate! ¡Quiero aplastarte hasta convertirte en polvo! ¡Oh, si tan solo pudiera devolver las vidas inocentes que has arrebatado cruelmente!"

145   "Lo esperaba", dijo el monstruo. "Todos los hombres odian al desdichado, ¡sé que soy odiado! Pero tú, mi creador, también me odias. Quieres matarme. Cumple con tu deber hacia mí y yo cumpliré con el mío hacia ti y el resto de la humanidad. Si aceptas mis condiciones, los dejaré en paz a ellos y a ti. Sin embargo, si te niegas, saciaré la fosa de la muerte hasta que esté saturada con la sangre de tus amigos que quedan".

"¡Monstruo! ¡Maldito demonio! ¡Me odias por haberte creado y yo ahora acabaré con tu vida!"

Mi ira no tenía límites. Me lancé sobre él, impulsado por todos los sentimientos que pueden enfrentar a dos seres en conflicto.

Él me esquivó fácilmente y dijo:

146   "Por favor, ¡cálmate! Te ruego que me escuches antes de desatar tu ira sobre mí. ¿No he sufrido lo suficiente? ¿Por qué quieres hacerme aún más miserable? La vida, incluso si está llena de dolor, es preciosa para mí y la protegeré. Recuerda, me hiciste más poderoso que tú. Soy más alto y más flexible. Pero no quiero luchar contra ti. Soy tu creación y seré amable y obediente con mi creador y soberano natural si haces tu parte también. Oh, Frankenstein, no me trates injustamente mientras eres amable con todos los demás. Recuerda,

soy tu creación. Debería ser como tu Adán, pero en cambio, me siento como un ángel caído, expulsado de la felicidad sin razón alguna. En todas partes veo alegría que nunca podré experimentar. Solía ser amable y bueno, pero el desprecio me convirtió en un monstruo. Hazme feliz y me volveré virtuoso otra vez".

"¡Vete! No te escucharé. Nunca podremos tener una relación. Somos enemigos. Vete, o pongamos a prueba nuestra fuerza en una pelea donde uno de nosotros debe ser derrotado".

¿Cómo puedo persuadirte? ¿Acaso mis súplicas no pueden hacerte mirar compasivamente a tu creación, quien ruega por tu bondad y comprensión? Créeme, Frankenstein, yo solía tener un corazón amable; mi alma estaba llena de amor y sensibilidad. Pero ahora, ¿no estoy solo, terriblemente solo? Tú, mi creador, me desprecias. ¿Qué esperanza puedo tener de las demás personas, que no me deben nada? Me rechazan y me odian. Las montañas vacías y las frías cuevas heladas son mi único refugio. He vagado aquí durante muchos días, encontrando consuelo solo en estas cuevas heladas que ni siquiera los humanos quieren. Agradezco a estos cielos hostiles, pues me tratan mejor que tus semejantes. Si el mundo supiera de mi existencia, harían lo que tú haces: armarse para destruirme. ¿No debería odiar a aquellos que me desprecian entonces? No haré las paces con mis enemigos. Soy un miserable y ellos deberían experimentar mi desgracia también. Pero tú tienes el poder de redimirme y salvarlos de un mal que puede ser tan grande que alcance a miles de personas, todos serán destruidas por mi. Por favor, sé compasivo y no me rechaces. Escucha mi historia. Una vez que la hayas oído puedes abandonarme o sentir lástima, como consideres que merezco. Pero por favor, escúchame. Incluso a los criminales, según las leyes humanas, se les permite defenderse antes de ser condenados. Escúchame, Frankenstein. Me acusas de asesinato, sin embargo, tú, sin pensarlo dos veces, destruirías tu propia creación. ¡Oh, qué testimonio de la eterna justicia de la humanidad! Pero no te pido que me perdones. Escúchame y luego, si puedes, si quieres, destruye lo que has creado".

148   "¿Por qué me recuerdas cosas que me llenan de miedo y arrepentimiento a sabiendas de que soy el miserable creador y causante de ellas, respondí?" ¡Maldito sea el día, odiado demonio, en que viniste a existir! ¡Vete! Ahórrame la visión de tu detestable figura."

"Entonces te la ahorraré, te quitaré una visión que desprecias, mi creador" dijo tristemente, cubriendo mis ojos con sus manos, las que rechacé con fuerza. Pero aún puedes escucharme y mostrarte compasivo. Te lo ruego por la bondad que una vez tuve. Escucha mi historia. Depende de ti determinar si me alejo para siempre de la humanidad y vivo una vida pacífica, o si me convierto en un castigo para tus semejantes y la causa de tu propia destrucción inevitable".

149   Mientras él decía eso, caminaba sobre el hielo y yo lo seguía. Mi corazón estaba saturado y no le respondí, pero mientras caminábamos, analicé sus argumentos y decidí al menos escuchar su historia. Tenía curiosidad y sentía lástima por él, lo que me hizo mantener mi decisión. Solía pensar que él era quien había matado a mi hermano, así que realmente quería confirmar o negar esta suposición. También fue la primera vez que me di cuenta de que, como su creador, tenía el deber de hacerlo feliz antes de juzgar sus malas acciones. Estas razones me hicieron aceptar su petición. Así que caminamos por el hielo y subimos al otro lado. Hacía frío y volvió a llover. Entramos en la cabaña, la criatura lucía satisfecha, mientras que yo me sentía triste y desalentado. Pero accedí a escuchar y me senté junto al fuego que había encendido. Fue entonces cuando él comenzó su historia.

CHAPTER XI

150   "ME RESULTA REALMENTE difícil recordar el comienzo mismo de mi existencia. Todo desde aquel tiempo está mezclado y confuso en mi mente. Experimenté una extraña mezcla de sensaciones: ver, sentir, oír y oler todo al mismo tiempo. Me llevó mucho tiempo descubrir cómo diferenciarlas. Poco a poco, recuerdo una luz muy brillante que me atormentaba, así que tuve que cerrar los ojos. La oscuridad me rodeaba y me inquietaba, pero en cuanto abría los ojos, la luz volvía a inundarlo todo. Caminé y creo que bajé por una pendiente, pero las cosas empezaron a sentirse diferentes. Antes, estaba rodeado de objetos oscuros y sólidos a través de los que no podía ver ni tocar. Sin embargo ahora, podía moverme libremente y nada bloqueaba mi camino. La luz seguía haciéndose más intensa y abrumadora, mientras el calor y la caminata me hacían sentir cansado. Busqué un lugar con algo de sombra. Fue entonces que encontré un bosque cerca de Ingolstadt. Me detuve junto a un arroyo para recuperarme del agotamiento. Pero pronto, el hambre y la sed empezaron a preocuparme. Eso me despertó de mi letargo y comí algunas bayas que estaban colgando de los árboles o por el suelo. Sacié mi sed en el arroyo, me acosté y me quedé dormido".

151   Desperté y todo estaba oscuro. Sentía frío y un poco de miedo porque estaba completamente solo. Antes de salir de tu habitación, me había cubierto con algo de ropa porque tenía frío. Pero no me abrigaron lo suficientemente en el rocío de la noche. Era una persona pobre, indefensa y desgraciada. No sabía ni entendía nada, pero sentía dolor por todo mi cuerpo, así que me senté y lloré.

Luego, una luz suave comenzó a iluminar el cielo y me hizo sentir feliz. Me puse de pie y vi una figura brillante que emergía de los árboles. La observé con asombro. Se movía lentamente pero iluminaba mi camino, así que salí a buscar bayas nuevamente. Aún tenía frío, pero encontré un abrigo grande debajo de uno de los árboles. Me cubrí con él y me senté en el suelo. Mis pensamientos estaban confundidos y mezclados. Me sentía ligero, con hambre, sediento y rodeado de oscuridad. Escuchaba muchos sonidos diferentes y olía los dicímiles aromas que me rodeaban. Lo único que podía ver claramente era la brillante luna, y en ella concentré mi mirada con deleite.

152   Pasaron varios días y noches, y la luna se había vuelto más pequeña cuando comencé a entender mis sentimientos. Podía ver claramente el arroyo que me daba agua y los árboles que me proporcionaban sombra con su follaje. Me sentí feliz cuando me di cuenta de que el agradable sonido que a menudo escuchaba provenía de los pequeños animales alados que volaban a mi alrededor.

La luna había desaparecido del cielo nocturno y reapareció, pero era más pequeña. Todavía estaba en el bosque. En ese momento, podía entender mejor mis sentimientos y mi mente recibía nuevas ideas cada día. Mis ojos se adaptaron a la luz y podía ver sus formas exactas claramente. Lograba distinguir entre insectos y plantas, y gradualmente aprendí a diferenciar una planta de otra. Descubrí que los gorriones emitían sonidos ásperos, mientras que los mirlos y zorzales emitían canciones dulces y acogedoras.

153   Una vez, en un día frío, encontré un fuego abandonado dejado por los mendigos. Estaba encantado por el calor que me proporcionaba. En mi emoción, toqué las brasas con la mano pero las retiré

rápidamente porque me dolía. Me parecía extraño cómo la misma cosa podía tener efectos tan diferentes. Observé el fuego detenidamente y me alegró ver que lo producía la madera. Intenté recolectar algunas ramas, pero estaban mojadas y no se encendían. Esto me entristeció, así que me senté y observé el fuego. A medida que las ramas mojadas se acercaban al calor, se secaban y se encendían por sí solas. Pensé en esto y toqué diferentes ramas para entender por qué. Luego, comencé a recolectar mucha leña para poder secarla y tener suficiente fuego. Cuando llegó la noche y me dio sueño, tenía mucho miedo de que mi fuego se apagara. Lo cubrí cuidadosamente con leña y hojas secas y puse ramas mojadas encima. Luego, extendí mi capa en el suelo y caí en un sueño profundo.

154   Cuando desperté por la mañana, mi primera prioridad era verificar el fuego. Lo destapé y una brisa suave lo convirtió en llama rápidamente. Me di cuenta de esto y pensé en una forma de mantener las brasas vivas cuando estaban a punto de extinguirse. Hice un abanico con ramas, y eso ayudó a revivir el fuego. Cuando llegó la noche de nuevo, me alegré al ver que el fuego no solo proporcionaba calor sino que también emitía luz. Me di cuenta de que este descubrimiento era útil para cocinar mi comida. Encontré algunos restos que los viajeros habían dejado, y los asé. Tenían mucho mejor sabor que las bayas que solía recolectar de los árboles. Así que intenté cocinar mi comida de la misma manera, colocándola sobre las brasas. Aprendí que esto hacía que las bayas se echaran a perder, pero mejoraba el sabor de los frutos secos y las raíces.

155   La comida comenzó a escasear y tenía que pasar todo el día buscando, pero no encontraba las bellotas suficientes para aliviar mi hambre. Cuando me di cuenta de esto, decidí abandonar el lugar donde había estado viviendo y buscar otro donde fuera más fácil encontrar las pocas cosas que necesitaba. Me dio mucha pena perder el fuego que había encendido accidentalmente y no sabía cómo hacer otro. Pensé en este problema durante mucho tiempo, pero no lograba encontrar una solución. Pasé tres días explorando y finalmente

encontré campos abiertos. La noche anterior había nevado mucho y todo estaba cubierto de blanco. Parecía triste y me hacía sentir frío.

156   Era temprano en la mañana, alrededor de las siete en punto, y realmente necesitaba encontrar algo de comida y un lugar para quedarme. Finalmente, divisé una pequeña cabaña en lo alto de una colina. Probablemente estaba hecha para que un pastor la usara. Esto era algo nuevo para mí, así que como estaba muy curioso me acerqué para echar un vistazo. Por suerte, la puerta estaba abierta y entré. Había un anciano sentado junto a un fuego, cocinando su desayuno. Cuando me vio, gritó y salió corriendo rápidamente por el campo, aunque parecía débil. Me sorprendió un poco su extraña expresión y su rápida huida, pero me gustaba más la cabaña. Era un refugio donde la nieve y la lluvia no podían entrar, y el suelo estaba seco. Para mí, era un lugar maravilloso, tal como el infierno les parecería a los demonios en la historia de Pandæmonium, una vez que se liberaban de su sufrimiento en el lago de fuego. Comí con avidez lo que quedaba del desayuno del pastor: un poco de pan, queso, leche y vino, aunque no me gustaba mucho el sabor del vino. Después de eso, estaba tan cansado que me tumbé en un montón de paja y me quedé dormido.

157   Me desperté al mediodía y me sedujo el brillo cálido del sol sobre el suelo nevado. Decidí que era hora de continuar mi viaje. Eché la comida sobrante del desayuno del campesino en una bolsa que encontré y me puse en marcha a través de los campos por varias horas. Al atardecer, llegué a un pueblo ¡y fue como un milagro para mí! Las sencillas chozas, las acogedoras casas de campo y las majestuosas mansiones me llenaron de admiración. La vista de las verduras en los jardines y la leche y el queso puestas en algunas ventanas de las cabañas hicieron que mi estómago rugiera de hambre. Con curiosidad, entré en una de las casas de campo más bonitas, pero tan pronto como entré, los niños gritaron y una de las mujeres se desmayó. Todo el pueblo se alarmó, y algunas personas huyeron mientras otros me atacaron. Me golpearon con piedras y diversos objetos hasta que logré escapar al campo abierto, maltrecho

y magullado. Lleno de miedo, encontré refugio en una pequeña choza en ruinas, estaba mucho peor que los magníficos palacios que había visto en el pueblo. Sin embargo, esta choza estaba unida a una cabaña que lucía ordenada y agradable. Después de mi aterradora experiencia reciente, no me atreví a entrar en la cabaña. La choza en la que me encontraba estaba construida de madera y era tan baja que me resultaba difícil sentarme erguido. El suelo era de tierra, pero estaba seco. A pesar de que el viento entraba por muchas grietas, proporcionaba un agradable refugio contra la nieve y la lluvia.

158   Encontré un miserable refugio para escapar del mal tiempo y de la crueldad de la gente. A la mañana siguiente, salí de mi escondite para echar un vistazo a la cabaña cercana. Estaba ubicada en la parte trasera, junto al chiquero de los cerdos. Le entraba suficiente luz, lo que era bastante para mí.

Después de acomodar mi nuevo hogar y esparcir paja limpia en el suelo, me fui a descansar. A lo lejos divisé a un hombre y recordé cómo me trataron la noche anterior, así que no quería correr el riesgo de ser atrapado. Pero antes de eso, me aseguré de tener suficiente comida para el día. Tomé una hogaza de pan y una taza para beber agua del arroyo cercano con más facilidad. El suelo estaba ligeramente elevado y se mantenía seco y cálido por estar cerca de la chimenea.

159   Con mis necesidades básicas cubiertas, decidí quedarme en este cuchitril hasta que ocurriera algo que pudiera cambiar mi decisión. En comparación con el bosque desolado donde había vivido, con sus ramas goteando por la lluvia y la tierra húmeda, este lugar era un paraíso. Disfruté de mi desayuno y me preparaba para levantar una tabla para sacar agua cuando oí pasos. Mirando por una rendija, vi a una joven pasar junto a mi tugurio, llevaba un balde en su cabeza. Tenía una manera amable y gentil, que la diferenciaba de las personas que vivían en las casas de campo y trabajaban en las granjas. Vestía una falda azul lisa y una chaqueta sencilla. Su cabello rubio estaba trenzado pero sin estilo, y tenía un semblante paciente aunque triste. Desapareció de mi vista, pero tras unos quince

minutos regresó con el balde parcialmente lleno de leche. Mientras caminaba, soportando la pesada carga, un joven se le acercó; lucía aún más desesperanzado que ella. Tristemente intercambiaron algunas palabras, luego él tomó el balde y lo llevó a la cabaña. Ella lo siguió y ambos desaparecieron adentro. Después de un rato, volví a ver al joven, sosteniendo algunas herramientas mientras cruzaba el campo detrás de la cabaña. La joven también estaba ocupada, yendo y viniendo entre la casa y el patio.

160   Inspeccioné mi morada y noté que una de las ventanas solía ser parte de la cabaña, pero estaba cubierta con madera. En uno de los paneles de madera, había una pequeña abertura que permitía ver el interior. A través de esta abertura, pude observar una habitación pequeña que estaba limpia pero apenas tenía muebles. Sentado en una esquina, junto a un pequeño fuego, había un anciano que parecía muy triste y descansaba su cabeza sobre sus manos. La joven estaba ocupada arreglando la cabaña, pero luego sacó algo de un cajón y se sentó junto al anciano. Él tomó el instrumento y empezó a tocar una música más hermosa y dulce que los trinos de los pájaros. Era una escena cautivadora, especialmente para mí, que nunca había visto algo tan encantador antes. El cabello plateado del anciano y su rostro amable le ganaron mi respeto, y el comportamiento gentil de la chica provocó mi cariño. Él tocó una melodía desgarradoramente triste que hizo que la chica empezara a llorar. El anciano no dijo nada hasta que escuchó los sollozos. Entonces emitió otros sonidos, y la chica dejó de trabajar, se arrodilló frente a él. Él la levantó y le sonrió con tanta amabilidad y amor que yo sentí una intensa mezcla de emociones. Fue una sensación extraña y poderosa, diferente a estar hambriento, con frío, caliente o alimentado. Abrumado, me alejé de la ventana, incapaz de manejar estas fuertes emociones.

161   Poco después, el joven regresó llevando un manojo de leña sobre sus hombros. La chica lo recibió en la puerta y lo ayudó a descargarla. Después llevaron la leña a la cabaña y la añadieron al fuego. Seguidamente ambos se fueron a un rincón acogedor, donde el joven

le mostró un pan grande y un trozo de queso. Luego continuaron con diferentes tareas.

El anciano estuvo muy pensativo, pero cuando sus compañeros llegaron se volvió más alegre y se sentaron a comer. Terminaron rápidamente su comida. La muchacha comenzó a ordenar la cabaña, mientras el viejo daba un breve paseo bajo el sol, apoyándose en el brazo del muchacho. Estas dos personas eran muy diferentes, pero se complementaban perfectamente. El viejo tenía el cabello plateado y un rostro amable y amoroso. El joven tenía una figura esbelta y elegante, con rasgos perfectamente equilibrados. Sin embargo, sus ojos y su lenguaje corporal mostraban una profunda tristeza y desesperanza. El viejo volvió al interior de la cabaña, y el joven, cargando con las mismas herramientas anteriores, se encaminó hacia los campos.

La noche llegó rápidamente y me sorprendí al ver que las personas de la cabaña tenían una manera de mantener la luz encendida usando velas. Estaba emocionado de descubrir que cuando se ponía el sol, podía seguir observando a mis vecinos. Los vi haciendo algo que no reconocía. Más tarde supe que el joven estaba leyendo en voz alta, pero en ese momento, no sabía nada de palabras ni letras.

Después de pasar un corto tiempo haciendo estas cosas, la familia apagó las luces y se fueron a dormir, o así lo supuse.

CHAPTER XII

 Me acosté sobre mi cama de paja, pero no podía dormir. Pensaba en lo que había sucedido durante el día. Lo que más me llamó la atención fue lo amables y educadas que eran estas personas. Quería unirme a ellos, pero tenía demasiado miedo. Yo recordé lo mal que me trataron los aldeanos la noche anterior, así que decidí quedarme tranquilo en mi pequeña choza por el momento. Los observaría e intentaría entender por qué hacían lo que hacían.

A la mañana siguiente, los habitantes de la cabaña se despertaron antes de que saliera el sol. La muchacha ordenó la cabaña y preparó el desayuno, mientras que el joven se marchó después de desayunar.

El día fue igual que el anterior. El joven siempre estaba ocupado afuera, y la chica tenía difíciles y variadas tareas que hacer adentro. El anciano, que ya me había dado cuenta de que era ciego, pasaba su tiempo libre tocando su instrumento o pensando. Los jóvenes lo trataban con mucho amor y respeto. Cuidaban de él con amabilidad y él les sonreía para mostrar su gratitud.

 No eran completamente felices. A veces, el joven y su amigo se separaban y parecían llorar. No entendía por qué estaban tan tristes, pero me afectaba profundamente. Si estos seres maravillosos eran infelices, tenía sentido que yo, que era una criatura imperfecta y solitaria, me sintiera desgraciado también. Pero ¿por qué estaban infelices estas criaturas amables? Tenían una casa encantadora y todo lo que podrían desear (al menos era lo que yo creía). Tenían un fuego cálido cuando tenían frío y comida deliciosa cuando tenían hambre. Estaban vestidos con ropa bonita y, lo más importante, se tenían el uno al otro. Mostraban afecto y amabilidad todos los días. Entonces, ¿cuál era la razón detrás de sus lágrimas? ¿Sentían verdadero dolor? Al principio, no podía encontrar las respuestas a estas preguntas. Pero observándolos cuidadosamente por un tiempo, comencé a entender algunas de las cosas que me confundían al principio.

Pasó un tiempo antes de que descubriera una de las razones por las que esta amable familia se sentía tan perturbada: era debido a la pobreza. Sufrían mucho por eso. Sobrevivían solamente con las verduras que cultivaban en su patio y la poca leche que daba su vaca, fundamentalmente durante el invierno cuando era tan difícil encontrar suficiente alimento para ella. Creo que muchas veces pasaban hambre, especialmente los miembros más jóvenes de la familia. Muchas veces, le daban comida al anciano sin guardar nada para ellos.

La bondad de los campesinos conmovió mi corazón. Por las noches, solía tomar algo de su comida para mí, pero cuando me di cuenta de que les causaba problemas, dejé de hacerlo. En cambio, saciaba mi hambre con bayas, nueces y raíces que encontraba en un bosque cercano.

También encontré otra forma de ayudarles. El joven pasaba todo el día recolectando leña para su fuego. Por la noche, yo tomaba sus herramientas y traía la suficiente cantidad de leña como para que tuvieran para varios días.

Recuerdo la primera vez que hice esto, la joven se sorprendió cuando abrió la puerta por la mañana y vio la gran pila de leña. Dijo algo en voz alta, y el joven se asomó, mirando también sorprendido.

Me alegró ver que él no fue al bosque ese día. En cambio, pasó el día arreglando la cabaña y cuidando del jardín.

167   Poco a poco, hice un descubrimiento importante. Estas personas tenían una manera de compartir sus experiencias y sentimientos mediante el lenguaje. Me di cuenta de que las palabras que usaban podían hacer que los otros se sintieran felices o afligidos, e incluso hacerlos sonreír o lucir tristes. Era como un poder especial, y realmente quería aprenderlo. Aunque lo intentaba constantemente, no podía descifrarlo. Hablaban rápido y las palabras que usaban no parecían tener ninguna conexión con las cosas que yo podía ver. No podía encontrar una pista para desentrañar el misterio. Sin embargo, después de pasar muchos meses en mi casita, finalmente aprendí los nombres que usaban para las cosas familiares. Aprendí palabras como fuego, leche, pan y madera. También aprendí sus nombres. El joven y su amigo tenían varios nombres, pero al hombre mayor le llamaban padre, a la chica le decían hermana o Agatha, y al joven le decían hermano o hijo. Ni siquiera puedo empezar a describir lo feliz que estaba cuando entendí lo que significaban estas palabras y pude pronunciarlas yo mismo. También reconocí algunas otras palabras, aunque aún no sabía exactamente qué significaban. Palabras como bueno, querido e infeliz.

168   Pasé el invierno así. Las personas que vivían en la cabaña eran amables y cariñosas, y me caían muy bien. Cuando estaban tristes, yo también me sentía triste. Y cuando estaban felices, compartía su felicidad. No veía a muchas otras personas además de ellos, pero si alguien más llegaba a la cabaña, me parecían toscos y no tan buenos como mis amigos. Podía notar que el anciano, a veces, llamaba a sus hijos e intentaba animarlos cuando estaban abatidos. Hablaba con voz alegre y tenía una expresión amable que también me hacía feliz. Agatha lo escuchaba con respeto y a veces lloraba, aunque trataba de ocultarlo. Me percaté de que después de escuchar a su padre, parecía estar más feliz. Por otro lado, Felix generalmente estaba triste y se notaba que había pasado por momentos difíciles, a pesar de su poca

experiencia. Pero a pesar de lucir triste, su voz sonaba alegre cuando hablaba especialmente con el anciano.

Vi muchos ejemplos que mostraban la naturaleza bondadosa y amable de estas personas. Aunque eran pobres y carecían de lo básico, Félix era capaz de llevar la primera flor blanca que brotaba de la nieve a su hermana, y la hacía feliz. Él limpiaba de nieve el camino al establo, antes de que ella se despertara por la mañana. También traía agua del pozo y leña del cobertizo. Durante el día, a veces trabajaba para un granjero cercano y no regresaba hasta la hora de la cena, pero nunca traía leña. Otras veces, trabajaba en el jardín. Como no había mucho que hacer en el invierno, le leía al anciano y a Agatha.

Esta lectura me confundió mucho al principio, pero luego me di cuenta de que el joven hacía sonidos similares cuando leía y cuando hablaba. Así que deduje que él entendía los signos en el papel como palabras. Realmente quería comprenderlas también, pero ¿cómo podía hacerlo si no sabía los sonidos que representaban? Tuve una idea. Si conociera su idioma, tal vez ellos pasarían por alto mi apariencia física, tan diferente a la belleza de ellos.

Admiraba la apariencia perfecta de los habitantes de la cabaña, qué elegantes y hermosos eran con su piel suave. Pero cuando vi mi reflejo en una poza clara, me di cuenta de que era un absoluto monstruo. Poco sabía yo de las terribles consecuencias de lucir así.

A medida que el sol calentaba y los días se alargaban, Félix tenía más trabajo que hacer y las señales de escasez de alimentos fueron desapareciendo. Su comida, aprendí después, era ordinaria pero beneficiosa para ellos, y lograban obtener la suficiente. En el jardín comenzaron a crecer nuevas plantas.

El anciano se apoyaba en su hijo y salían a caminar todos los días al mediodía, a menos que estuviera lloviendo, que es como llamaban al agua que caía del cielo. Esto ocurría con frecuencia, pero un fuerte viento rápidamente secaba la tierra, y la estación se volvía mucho más agradable que antes.

Mi rutina diaria en el pequeño refugio era siempre la misma. Por la mañana, observaba lo que los habitantes de la cabaña estaban haciendo, y cuando estaban ocupados con sus tareas, yo dormía. El resto del día, observaba a mis amigos. Por la noche, si había luna o brillaban las estrellas, iba al bosque y recolectaba mi propia comida y leña para la cabaña. Cuando regresaba, despejaba de nieve el camino y hacía las mismas cosas útiles que había visto hacer a Félix. Más tarde descubrí que estaban asombrados de que alguien invisible hiciera estas tareas. A veces los escuchaba decir cosas como "buen espíritu" y "maravilloso", pero en ese momento no entendía el significado de esas palabras.

173 Comencé a pensar más y analizaba buscando las razones que había detrás de la tristeza de Félix y Agatha, esas amables personas. Ingenuamente, creí que podría hacerlos felices nuevamente. Cuando dormía o no estaba cerca, soñaba con el sabio padre ciego, la gentil Agatha y el excelente Félix. Si tan solo pudiera conocerlos, pensé que estarían disgustados al principio hasta que, posiblemente, me ganara su cariño con mi buen comportamiento y mi amistad.

Estos pensamientos me emocionaron y me motivaron a trabajar aún más duro para aprender su idioma. Sabía que había una manera de ganar su amor y respeto.

174 Las cálidas lluvias de primavera y el sol hicieron que la tierra comenzara a verse diferente. Las personas que solían esconderse en cuevas salieron y empezaron a realizar diferentes cultivos. Los pájaros cantaron con más alegría y las hojas de los árboles retoñaron. La tierra estaba tan feliz y perfecta, a pesar de que hace poco tiempo estaba fría, húmeda y deslucida. Ver la hermosa naturaleza me hizo sentir feliz y olvidar el pasado. Todo se sentía tranquilo ahora y me sentía emocionado y lleno de esperanzas en el futuro.

CHAPTER XIII

 Ahora quiero hablar de la parte más emotiva de mi historia. Te contaré sobre los sucesos que hicieron que cambiara, de quien era antes a como soy ahora, por todas las cosas que sentí.

Con la llegada de la primavera, el clima mejoró y el cielo estaba despejado. Me sorprendió ver que los lugares que antes estaban vacíos y oscuros ahora estaban llenos de hermosas flores y verdor.

En uno de esos días, cuando los aldeanos tomaron un descanso de su trabajo, el anciano tocó su guitarra y los niños lo escucharon. Pero noté que Félix, el hijo, tenía una mirada muy triste en su rostro. Suspiraba mucho y en un momento su padre dejó de tocar y pareció preguntarle por qué estaba triste. Félix respondió con voz alegre y el anciano volvió a tocar su música cuando alguien llamó a la puerta.

 Era una dama a caballo, acompañada por un campesino como guía. La dama estaba vestida con un traje oscuro y cubierta con un grueso velo negro. Agatha hizo una pregunta a la que la desconocida solo respondió pronunciando, con un dulce acento, el nombre de Félix. Su voz era musical, pero diferente a la de cualquiera de mis amigos. Al escuchar esta palabra, Félix se acercó rápidamente. La mujer reveló su hermoso rostro y su cabello. Era impresionante.

177   Félix se alegró mucho al verla. Su rostro se iluminó de pronto con una felicidad imposible de creer anteriormente; toda la tristeza desapareció. Sus ojos brillaban y sus mejillas se sonrojaron de alegría. En ese momento, pensé que él lucía tan hermoso como la dama. Parecían tener diferentes emociones. Ella secó las lágrimas de sus ojos y extendió la mano hacia Félix, quien la besó con gran entusiasmo. La llamó algo parecido a "su dulce árabe", pero ella parecía no entenderlo. Simplemente sonrió. Él la ayudó a bajar del caballo y le dijo al guía que se fuera. Luego la condujo hacia la cabaña. Tuvo una conversación con su padre y la joven dama se arrodilló frente al anciano. Quería besar su mano, pero él la levantó y la abrazó cariñosamente.

178   Rápidamente me di cuenta de que aunque la desconocida hablaba de una manera que parecían palabras reales, utilizaba gestos que no lograba descifrar, pero podía ver que su presencia traía alegría a la cabaña. Felix estaba muy feliz y recibió cálidamente a la forastera. Agatha, siempre de buen corazón, besó las manos de la encantadora desconocida. Señaló a su hermano y realizó gestos que parecían significar que él había estado triste hasta que ella llegó. Pasaron así algunas horas, con sus rostros mostrando felicidad, aunque yo no entendía por qué. Luego me di cuenta de que la desconocida repetía un sonido después de ellos una y otra vez, tratando de aprender su idioma. Eso me dio la idea de usar las mismas lecciones para aprender también. La desconocida aprendió alrededor de veinte palabras en la primera lección. Yo ya conocía la mayoría de ellas, pero también aprendí algunas nuevas.

179   Al llegar la noche, Agatha y la árabe se fueron a la cama temprano. Al despedirse, Felix besó la mano de la desconocida y dijo, "Buenas noches, dulce Safie". Habló de ella a menudo después de ese momento.

A la mañana siguiente, Felix se fue a trabajar, y después de que Agatha terminó sus tareas habituales, la árabe se sentó a los pies del anciano. Tomó su guitarra y tocó algunas canciones increíblemente hermosas que me hicieron sentir tanto tristeza como felicidad. El anciano parecía cautivado y dijo algo que Agatha intentó explicarle a Safie. Parecía querer expresar cuánta alegría le traía su música.

180 Los días continuaron tranquilos y las expresiones de tristeza de mis amigos fueron reemplazadas por alegría. Safie y yo hicimos grandes avances en el aprendizaje del idioma y en dos meses, pude entender la mayoría de lo que mis protectores decían.

Durante este tiempo, el suelo se puso negro y se cubrió de plantas, mientras que las verdes orillas lucían variadas y hermosas flores que olían dulce. Disfrutaba los paseos nocturnos, pero recordaba el maltrato que sufrí en el primer pueblo que encontré, por eso tenía miedo aventurarme a salir por el día.

Con mucha concentración dediqué mis días a aprender idioma. También aprendí a leer y escribir, tal como le habían enseñado a la desconocida. Esto me abrió un fascinante mundo de conocimiento y me trajo gran alegría.

181 El libro que Felix usó para enseñarle a Safie se llamaba "Ruins of Empires" de Volney. No hubiera podido entender este libro si Felix no lo hubiera explicado con gran detalle mientras leía. Él eligió este libro porque estaba escrito en un estilo similar al de los autores orientales. Al leerlo, adquirí una comprensión básica de la historia y conocí acerca de los diferentes imperios que existen en el mundo hoy en día. Me brindó una visión de las costumbres, gobiernos y religiones de varias naciones. Aprendí acerca de la gente sosegada de Asia, la impresionante inteligencia y creatividad de los griegos, y las guerras y grandes virtudes de los primeros romanos. También conocí sobre la gradual decadencia del poderoso Imperio Romano, así como los conceptos de caballería, cristianismo y monarquías. Al descubrir la historia de cómo se encontraron las Américas, experimenté, como Safie, una gran pena por el triste destino de los habitantes originales.

182 "Estas maravillosas narraciones me inspiraron. Ser un hombre grande y virtuoso me parecía el más alto honor, mientras que ser cruel y despiadado lo consideraba el peor defecto que podía tener un hombre. Durante mucho tiempo no pude entender cómo un hombre podría ir y matar a un semejante, o incluso por qué existían leyes y

gobiernos. Cuando escuché detalles de los vicios y los derramamiento de sangre, mi asombro desapareció y me aparté con disgusto y repugnancia.

Cada conversación de los habitantes de la cabaña me abrió a nuevas maravillas. Mientras escuchaba las instrucciones que Félix impartía a la mujer árabe, me fui explicando el extraño sistema de la sociedad humana. Aprendí tanto".

183 Las palabras me hicieron pensar sobre mí. Aprendí que las personas valoran dos cosas por encima de todo: nacer en una familia rica y ser respetado. Si alguien tuviera solo una de estas cosas, aún sería venerado. Pero si no tenía ninguna de ellas, se consideraba que no valía nada y se le trataba como un esclavo, obligado a trabajar para unos pocos adinerados. ¿Y yo? No tenía dinero, amigos ni ninguna propiedad. Además, mi apariencia era horriblemente fea y repulsiva. Ni siquiera era de la especie humana. Era más rápido y podía sobrevivir con menos comida. Podía soportar mejor las temperaturas extremas. Y era mucho más alto que ellos. Cuando miraba a mi alrededor, no veía a nadie como yo. ¿Significaba eso que era un monstruo? ¿Todos huían y me rechazaban?

No puedo describir cuánto dolor me causaron estos pensamientos. Traté de no pensar en eso, pero cuanto más sabía, más triste me volvía. Oh, ojalá hubiera permanecido en mi bosque para siempre, ajeno e inmune a cualquier cosa que no fuera sentir hambre, sed y calor.

184 "¡El conocimiento es algo extraño! Una vez que entra en tu mente, se queda ahí como una pequeña planta en una roca. A veces, quería deshacerme de todos mis pensamientos y sentimientos. Pero descubrí que la única forma de dejar de sentir el dolor era la muerte, eso me asustaba, aunque en realidad no lo entendiera. Admiraba el buen comportamiento y los sentimientos amables. Me encantaba cómo las personas en la cabaña eran tan educadas y amables. Pero no podía interactuar abiertamente con ellos. Solo podía observarlos en secreto y aprender de ellos sin que lo supieran. Esto solo me hacía querer ser parte de su mundo aún más. Las palabras amables de

Agatha y la sonrisa feliz de la mujer árabe no eran para mí. Los sabios consejos del anciano y las divertidas conversaciones de Félix, a quien amaba, no eran para mí. ¡Yo era una persona miserable e infeliz!

También aprendí otras lecciones importantes. Escuché acerca de las diferencias entre niños y niñas. Aprendí cómo nacen los bebés y cómo crecen. Vi cómo los padres amaban las sonrisas de sus bebés y disfrutaban jugando con sus hijos mayores. Vi cómo las madres dedicaban sus vidas a cuidar a sus hijos. Aprendí cómo las mentes de los jóvenes crecen y adquieren conocimiento. Aprendí acerca de los hermanos y todas las diferentes formas en que las personas están conectadas como familia".

Pero, ¿dónde estaban mis amigos y mi familia? A mí, ningún padre me había cuidado cuando era un bebé, ni tuve una madre que me mostrara amor con sonrisas y abrazos. O tal vez sí lo hicieron, pero todo era borroso, un espacio en blanco en mi memoria y no puedo recordar nada. Desde que tengo memoria, tengo la misma altura y forma. Nunca había visto a alguien que se pareciera a mí o que asegurara conocerme. ¿Quién era yo? La pregunta seguía volviendo, y la única respuesta era gemir de frustración.

Pronto explicaré a dónde me llevaban estos sentimientos, pero permíteme volver a hablar sobre las personas de la cabaña. Su historia me hacía sentir tantas cosas diferentes: ira, felicidad y asombro. Pero al final, todo se convirtió en aún más amor y admiración por mis protectores (así es como me gustaba llamarlos, aunque fuera una forma ingenua de engañarme).

CHAPTER XIV

 Pasó un tiempo antes de que pudiera conocer la historia de mis amigos. Fue un relato que me impresionó profundamente.

El anciano, cuyo nombre era De Lacey, provenía de una respetable familia en Francia. Había vivido allí durante muchos años una vida próspera, mientras se ganaba el respeto de quienes lo rodeaban. Su hijo servía a su país, y Agatha interactuaba con mujeres de la nobleza. Sólo unos meses antes de que yo llegara vivían en París, una ciudad grande y lujosa. Estaban rodeados de amigos y tenían todo lo que podían desear: una combinación de virtud, intelecto, refinamiento y una buena fortuna.

La caída de la familia De Lacey llegó de manos del padre de Safie. Era un comerciante de Turquía que había vivido en París durante muchos años. Por razones desconocidas para mí, se convirtió en blanco del gobierno. El mismo día en que Safie llegó desde Constantinopla para unirse a él, fue apresado. Luego fue sometido a juicio y condenado a muerte. La injusticia de su castigo era evidente, y el pueblo de París estaba indignado. Se creía que su religión y su riqueza, más que el supuesto crimen, provocaron lo que ocurrió.

 Félix estuvo presente en el juicio por accidente. Se horrorizó y enfureció al escuchar la decisión del tribunal. En ese momento, hizo la solemne promesa de rescatar al prisionero y comenzó a buscar la manera de hacerlo. Después de varios intentos fallidos de ingresar a la prisión, finalmente descubrió una ventana enrejada en un área no vigilada. Esta ventana proporcionaba luz al calabozo donde estaba encadenado Mahometan, el desafortunado prisionero musulmán. Mahometan esperaba abatido que lo ejecutaran. Por la noche Felix se acercó a la ventana y le reveló su plan al prisionero. Mahometan estaba asombrado y agradecido, y le ofreció a Felix recompensas y riquezas. Pero Félix rechazó estas ofertas con desdén. Sin embargo, cuando vio a la hermosa Safie, a quien se le permitía visitar a su padre, expresándole su profunda gratitud con sus gestos, supo que el cautivo poseía un tesoro que haría que todos sus esfuerzos y riesgos valieran la pena.

El turco, Mahometan, notó rápidamente el efecto que su hija tenía en el corazón de Félix. Entonces intentó ganarse su lealtad completa ofreciéndole la mano de Safie en matrimonio una vez que ambos llegaran a un lugar seguro. Aún así, Félix era demasiado honorable para aceptar una oferta tan directa. Sin embargo, no podía evitar anticipar la posibilidad de que esto sucediera, porque le traería gran alegría y realización.

En los días siguientes, mientras se preparaban para la fuga del comerciante, Félix recibió algunas cartas de la chica, entonces su decisión se hizo más firme. Aunque no podía hablar su idioma, encontró una forma de comunicarse. En esas cartas, ella agradecía a Félix por ayudar a su padre y expresaba tristeza por su propia situación.

Tengo copias de esas cartas porque encontré materiales de escritura cuando vivía en la choza. Félix y Agatha solían leerlas. Antes de irme, te daré las cartas como prueba de mi historia. Pero por ahora, como el sol se está poniendo, solo tengo tiempo para contarte los puntos principales.

Safie explicó que su madre fue responsable de formar su espíritu independiente, algo prohibido para las mujeres seguidoras de

Mahoma. Esta señora falleció, pero sus enseñanzas quedaron grabadas en la mente de Safie, quien se enfermó ante la idea de regresar nuevamente a Asia. Esto solo la llevaría al aislamiento y a una vida que no deseaba. La perspectiva de casarse con un cristiano y permanecer en un país donde a las mujeres se les permitía tener un lugar en la sociedad le resultaba encantadora.

"El día para la ejecución del turco estaba fijado, pero la noche anterior, él abandonó su prisión y antes de la mañana estaba a muchas leguas de distancia de París. Félix había conseguido pasaportes para él, su padre y su hermana. Anteriormente, había comunicado el plan a su padre, quien ayudó marchándose de su casa, bajo el pretexto de un viaje, y se ocultó, junto a su hija, en un rincón de París.

190   Felix guió al grupo de fugitivos a través de Francia, donde el comerciante tenía la intención de encontrar la oportunidad adecuada para entrar en los territorios turcos.

Safie decidió quedarse con su padre hasta que él se fuera. Felix se quedó con ellos, esperando ansiosamente ese momento. Mientras tanto, disfrutaba de la compañía de Safie. Safie deleitaba a Felix cantando hermosas canciones de su tierra natal.

El turco permitió que creciera la cercanía entre Safie y Felix e incluso alentó su joven amor, ocultando en su corazón sus verdaderas intenciones. Secretamente despreciaba la idea de que su hija se casara con un cristiano, pero temía que si mostraba su desaprobación, Felix se molestara. El turco sabía que aún dependía de él para mantener su secreto, ya que Felix podría exponerlos a las autoridades italianas si así lo deseara. El turco ideó múltiples planes para mantener la mentira hasta que se volviera innecesaria. Luego se llevaría a su hija consigo en secreto. Las noticias que llegaron desde París ayudaron a sus planes.

191   El gobierno francés estaba muy enojado porque el prisionero había escapado e hicieron todo lo posible por encontrar y castigar a quien le ayudó. El plan de Félix fue descubierto rápidamente y De Lacey y Agatha fueron encarcelados. Cuando Félix escuchó la noticia,

despertó de su estado de felicidad. Su anciano y ciego padre, y su amable hermana, estaban presos en una sucia celda mientras él estaba libre y en compañía de su amada. Esta idea le torturaba. Rápidamente hizo un trato con los turcos: si encontraban una buena oportunidad para escapar antes de que Félix pudiera regresar a Italia, Safie se quedaría en un convento en Leghorn. Luego, dejando atrás a su apreciado compañero árabe, se fue a París y se entregó a la ley, esperando poder salvar a De Lacey y Agatha.

Pero falló. Los mantuvieron encerrados durante cinco meses hasta que llegó el juicio, fueron despojados de su riqueza y obligados a abandonar su tierra natal para siempre.

En Alemania encontraron una miserable cabaña para quedarse, donde los encontré. Felix descubrió pronto que el turco se había convertido en un traidor a la bondad y el honor, causando mucho sufrimiento a él y a su familia. El turco se fue de Italia con su hija y le envió a Félix una pequeña cantidad de dinero, como si se burlara de él, diciendo que podría ayudarlo a encontrar una forma de mantenerse a sí mismo en el futuro.

Estas eran las cosas que pesaban tanto en el corazón de Félix y lo convertían en la persona más infeliz de su familia cuando lo conocí. Él hubiera podido sobrellevar la pobreza y, si hubiera tenido que sufrir a causa de su bondad, habría estado orgulloso de ello. Pero la ingratitud del turco y la pérdida de su amada Safie eran mucho peores y no tenían solución. Entonces, cuando llegó la mujer árabe, Félix volvió a sentirse vivo.

Cuando llegaron las noticias a Livorno de que Félix había perdido todo su dinero y su estatus social, el comerciante le dijo a su hija que olvidara a su amante y se preparara para regresar a su país de origen. Safie no estuvo de acuerdo y trató de hablar con su padre al respecto, pero él se fue muy enojado.

Unos días después, el turco entró en la habitación de su hija y le dijo apresurado que tenía motivos para creer que la gente en Livorno sabía dónde estaban. Pensaba que el gobierno francés pronto lo capturaría. Así que contrató un barco para llevarlo a Constantinopla y partiría en pocas horas. Planeaba dejar a su hija con un sirviente de confianza y ella llegaría más tarde trayendo consigo la mayor parte del dinero, que aún no había llegado a Livorno.

193   Cuando Safie se quedó sola, pensó en qué hacer en esta difícil situación. Realmente no quería vivir en Turquía porque iba en contra de su religión y sus sentimientos. Encontró unos documentos que pertenecían a su padre donde se mencionaba que su amante estaba exiliado y se indicaba el lugar dónde vivía ahora. Lo pensó bien, y finalmente se decidió. Tomó algunas de sus joyas y dinero, y con un sirviente de Livorno que hablaba turco, salió de Italia y se dirigió a Alemania.

Llegó sin problemas a un pueblo cercano a la cabaña de De Lacey, pero su sirviente se enfermó gravemente. Safie cuidó de él con todo su corazón, pero lamentablemente, el sirviente falleció. Ahora Safie estaba completamente sola y no conocía el idioma del país ni sabía cómo funcionaban las cosas allí. Pero por suerte, terminó en buenas manos. El italiano había mencionado el nombre del lugar al que iban y, después de que el sirviente falleció, la mujer dueña de la casa donde se habían hospedado se aseguró de que Safie llegara sana y salva a la cabaña de su amante.

CHAPTER XV

¹⁹⁴ ESTA ES la historia de mis queridos vecinos de la cabaña. Eso me impresionó profundamente. Los consideraba personas amables.

Sin embargo, yo también estaba en un período de aprendizaje. Un acontecimiento importante ocurrió a principios del mes de agosto del mismo año.

Una noche, durante mi visita al bosque vecino, donde recolectaba mi comida y recogía leña para la casa de mis protectores, encontré en el suelo un paquete de libros. Fue tan extraño encontrar esto, pero estaba ansioso por volver a mi choza y leerlos. Había adquirido 'Paradise Lost', un volumen de 'Plutarch's Lives,' y 'Sorrows of Werter' . ¡Estaba encantado! Un ejercicio para mi mente.

¹⁹⁵ No puedo explicar exactamente lo que esos libros hicieron en mí. Me hicieron experimentar e imaginar tantas cosas nuevas. A veces, me hacían realmente feliz. Pero la mayor parte del tiempo, me hacían sentir muy triste. En 'The Sorrows of Werter', además de la interesante y triste historia, se hablaba de diferentes ideas que me resultaban confusas. Me hacía pensar y preguntarme cosas todo el tiempo. El libro describía personas amables y amorosas que también tenían grandes sueños. Me recordaba a mis protectores y las cosas

que yo quería en la vida. Pero pensé que Werther era aún más asombroso que cualquier persona real que hubiera visto. No fingía ser quien no era, y eso me impresionó mucho. Las partes sobre la muerte y el suicidio fueron realmente sorprendentes. No las entendía del todo, pero sentía mucha tristeza por el héroe, aunque no supiera por qué.

196   A medida que leía, no podía evitar aplicar las palabras a mis propios sentimientos y situación. Veía similitudes entre mí y los personajes del libro, pero también notaba algunas diferencias. Los entendía y sentía por ellos, pero aún estaba creciendo y descubriendo las cosas. No dependía de nadie, y nadie dependía de mí. Tenía la libertad de ir donde yo quisiera, y nadie se sentiría triste si desapareciera. La gente pensaba que lucía terrible y enorme. ¿Qué significaba eso? ¿Quién era yo? ¿Qué era yo? ¿De dónde venía? ¿Hacia dónde iba? Estas preguntas seguían surgiendo, pero no podía encontrar las respuestas.

197   Poseía un libro llamado 'Plutarch' s Lives', que contaba las historias de los primeros líderes de las antiguas repúblicas. Leer este libro era muy diferente a leer 'The Sorrows of Werter'. Mientras Werter me hacía sentir triste y melancólico, el libro de Plutarco me inspiraba buenos pensamientos. Me sacaba de mis pensamientos tristes. Leía sobre personas involucradas en el gobierno y las guerras. Me apasionaba hacer el bien y detestaba actuar mal. Comencé a admirar a legisladores pacíficos como Numa, Solon, y Lycurgus, más que a líderes agresivos como Romulus y Theseus. Estas ideas se volvieron muy importantes para mí, por la forma en que mis tutores vivían sus vidas. Si mi primer encuentro con las personas hubiera sido a través de un joven soldado que buscaba gloria y hacer daño a los demás, tal vez habría sentido de manera diferente.

198   Pero "Paradise Lost" me hizo sentir algo completamente diferente y mucho más fuerte. Lo leí como si fuera una historia verdadera, igual que los otros libros que había leído antes. Despertó todo tipo de sentimientos asombrosos e impresionantes. No podía dejar de maravillarme ante la imagen de un poderoso Dios luchando contra

sus propias creaciones. A veces encontraba similitudes entre las situaciones del libro y mi propia vida.

Igual que Adán, parecía que yo no tenía conexión con nadie más en el mundo. Pero ahí terminaban las similitudes. Adán fue creado perfectamente por Dios, era feliz y tenía todo lo que necesitaba. Incluso podía hablar y aprender de seres superiores. Pero yo era miserable, indefenso y estaba completamente solo. A menudo, me veía más como Satanás, sintiendo envidia amarga al ver lo felices que eran mis tutores.

199   Ocurrió algo que hizo más intensos mis pensamientos. Poco después de llegar a la pequeña cabaña, me encontré unos papeles en el bolsillo de la bata que tomé de tu laboratorio. Al principio, no les presté mucha atención. Pero cuando aprendí a leer los estudié detenidamente. Esos papeles eran tu diario de los cuatro meses anteriores a mi creación. Anotaste cada paso que diste mientras trabajabas en tu proyecto. También escribiste sobre cosas que sucedían en tu casa. Probablemente recordarás estos papeles. Aquí están. Cuentan todo sobre mi miserable comienzo. Describen con lujo de detalle todas las cosas terribles que sucedieron para que yo existiera. Incluso incluyen una descripción muy detallada de mi apariencia repugnante. Leerlo me hizo sentir muy mal. "¡Qué terrible día fue cuando cobré vida!" exclamé con dolor. "Tú, que me creaste, ¿por qué hiciste un monstruo tan feo que incluso tú te apartaste de mí con disgusto? Dios hizo a los humanos hermosos como Él, pero mi forma es un reflejo grotesco de la tuya, incluso peor. Satanás tenía a sus compañeros, otros demonios, para estar con él y hacerle sentir bien consigo mismo. Pero yo estoy completamente solo y odiado".

200   Estos eran mis pensamientos durante mis días solitarios y tristes. Pero cuando pensaba en las buenas cualidades de las personas de la cabaña, lo amables y considerados que eran, pensaba que sentirían lástima por mí y no se preocuparían por mi apariencia física. ¿Podrían rechazar a alguien, por muy extraño que fuera, si le solicitara con amabilidad su amistad? Decidí que no renunciaría a la esperanza y haría todo lo posible por prepararme para un encuentro

con ellos que determinaría mi futuro. Decidí esperar unos meses más. Quería estar aún más preparado.

201   Mientras tanto, varios cambios ocurrieron en la casita. La presencia de Safie difundió felicidad entre sus habitantes. Felix y Agatha estaban contentos y felices. Sus sentimientos eran serenos y tranquilos, mientras que los míos se volvían cada día más tumultuosos. A medida que aumentaban mis conocimientos se me revelaba más claramente lo desgraciado y marginado que era. Albergaba esperanza, es cierto, pero esta se desvanecía al ver reflejada mi apariencia en el agua.

Trataba de aplacar estos temores. Sin embargo, estaba solo. Ni siquiera tenía a mi creador. ¿Dónde estaba el mío? Me había abandonado y, en la amargura de mi corazón, lo maldecía.

202   Así pasó el otoño. Me sorprendió y entristeció ver las hojas marchitarse y caer, y el mundo volverse árido y desolado como cuando vi por primera vez los bosques y la hermosa luna. Pero el frío no me molestaba tanto como el calor debido a cómo fui creado. Mis cosas favoritas eran las flores, los pájaros y todo lo brillante y alegre del verano. Cuando esas cosas desaparecieron, comencé a prestar más atención a las personas en la cabaña. La ausencia del verano no las hacía menos felices. Se amaban y se preocupaban el uno por el otro, y su felicidad no se veía afectada por las cosas malas que les ocurrían. Cuanto más los veía, más deseaba que me protegieran y fueran amables conmigo. Realmente quería que me conocieran y que yo les agradara. No soportaba la idea de que me rechazaran y me odiaran. Los pobres que llegaban a su puerta nunca eran rechazados. Yo necesitaba algo más que comida y un lugar para descansar. Quería amabilidad y comprensión, y en el fondo, no pensaba que fuera totalmente indigno de ello.

203   Llegó el invierno; las estaciones cambiaron desde que cobré vida. Mi atención ahora se centraba en mi plan para presentarme a las personas que yo consideraba mis tutores. Pensé en diferentes alternativas, pero decidí que entraría a su casa cuando el viejo estuviera solo. Me di cuenta de que las personas me tenían más miedo por

cómo lucía, no por mi voz. Así que creí que si podía ganarme la confianza del viejo De Lacey y lograr que él me ayudara, tal vez los demás también me aceptarían.

Un día, cuando el sol brillaba y el suelo estaba cubierto de hojas rojas, Safie, Agatha y Félix salieron a dar un largo paseo por el campo. El viejo, por elección propia, decidió quedarse solo en la cabaña. Después de que sus hijos se fueron, tomó su guitarra y tocó varias canciones tristes pero hermosas. Fue aún más hermoso y triste de lo que yo lo había escuchado tocar antes. Al principio, lucía feliz, pero mientras tocaba, se volvió pensativo y triste. En algún momento dejó de tocar y se quedó allí, perdido en sus pensamientos.

204 Mi corazón latía rápido. Esta era la hora y el momento de la prueba que decidiría si mis esperanzas se cumplían o mis miedos se hacían realidad. Los más jóvenes se habían ido a una feria cercana. Todo estaba en silencio dentro y alrededor de la cabaña. Era una excelente oportunidad. Sin embargo, una vez que comencé a moverme, de repente me sentí muy nervioso. Respiré profundamente el aire fresco.

'Di un golpe. '¿Quién está ahí?' dijo el anciano, 'pasa'.

'Entré. 'Disculpe', dije, 'estoy viajando y necesito descansar. ¿Puedo sentarme junto a su fuego?'

'Adelante', dijo De Lacey, 'yo trataré de ayudarte. Mis hijos han salido y soy ciego, así que tal vez no sea un gran anfitrión en este momento'.

'No se preocupe. Tengo comida. Solo necesito un lugar para sentarme'.

'Nos sentamos en silencio y finalmente, el anciano se dirigió a mí:

'Por tu lenguaje extranjero, supongo que no eres de por aquí ¿Eres francés?'

205 "No, pero aprendí de una familia francesa. También pienso pedir ayuda a algunas personas que conozco un poco."

"¿Son alemanes?"

"No, son franceses. Pero hablemos de otra cosa. Soy una persona solitaria. Miro a mi alrededor y no tengo familia ni amigos en el mundo. Estas buenas personas a las voy a ver nunca me han visto y saben muy poco de mí. Estoy lleno de miedo porque si me rechazan, seré un marginado para siempre."

"No pierdas la esperanza. Ten fe en tus sueños. Y si estas personas son buenas y amables, no te rindas."

"Son amables. Son las mejores personas del mundo. Solo me preocupa un poco que en lugar de ver a una persona cariñosa y amigable, vean a un horrible monstruo."

"Eso es realmente desafortunado. Pero si verdaderamente no has hecho nada malo, ¿no crees que puedas demostrarles que están equivocados?"

206 "Tengo miedo. Me importan mucho y he tenido con ellos gestos amables, pero podrían pensar que quiero hacerles daño. Quiero cambiar su opinión sobre mí."

"¿Dónde viven tus amigos?", preguntó la persona.

"Viven cerca de aquí", respondió el anciano.

El anciano se detuvo por un momento y luego dijo: "Si me cuentas tu historia sin ocultar nada, tal vez pueda ayudarte. Soy ciego. También puedo estar pobre y lejos de casa, pero me haría realmente feliz poder ayudar a alguien".

"Eres una persona tan amable. Estoy agradecido por tu ayuda. Ya me siento más esperanzado. Me preocupa que piensen que he hecho cosas malas, pero prometo que no lo he hecho".

"Es importante ser honesto. También he enfrentado tragedias. Mi familia y yo hemos sido acusados injustamente, así que entiendo lo que es sufrir".

207 "¿Cómo puedo agradecerte, mi gran y único colaborador? Eres la primera persona que se muestra amable conmigo. Estoy listo para ver a mis amigos ahora".

"¿Puedes decirme los nombres y dónde viven esos amigos?".

Vacilé. Sabía que este era el momento crítico que traería felicidad o se la llevaría. Hice un esfuerzo para encontrar la fuerza y responderle, pero mis energías se desvanecieron. Me derrumbé en la silla y empecé a llorar. Justo en ese momento, escuché los pasos de mis jóvenes tutores. El tiempo se agotaba. Agarré la mano del anciano y supliqué: "¡Ahora es el momento! ¡Por favor, sálvame y protégeme! Tú y tu familia son los amigos que estoy buscando. ¡Por favor, no me abandones cuando más necesito ayuda!".

"¡Dios mío!", exclamó el anciano. "¿Quién eres?".

En ese instante, se abrió la puerta de la cabaña y entraron Félix, Safie y Agatha. ¿Quién puede describir su horror al verme? Agatha se desmayó. Safie, incapaz de ayudar, salió corriendo de la cabaña. Félix se abalanzó hacia mí y me golpeó violentamente con un palo. Podría haberlo despedazado, pero mi corazón estaba lleno de tristeza. Me escapé a mi refugio detrás de la cabaña.

CHAPTER XVI

209 "¡Maldije, maldije a mi creador! ¿Por qué tuve que vivir? ¿Por qué, en ese momento, no terminé simplemente con la vida que tan imprudentemente me concediste? No lo sé; el desespero aún no se había apoderado de mí. Estaba consumido por la furia y el deseo de venganza. Habría disfrutado destruyendo la cabaña y a todos los que estaban dentro, deleitándome con sus gritos y sufrimientos.

Cuando llegó la noche, salí de mi escondite y vagué por el bosque. Sin temor a ser descubierto, liberé mi angustia en aterradores aullidos. Era como un animal salvaje liberado de su trampa, destruyendo todo a mi paso y moviéndome por el bosque con la velocidad de un ciervo. ¡Oh, qué noche tan horrible soporté! Las frías estrellas se burlaban y los árboles desnudos balanceaban sus ramas sobre mí. De vez en cuando, el dulce trinar de un pájaro rompía el silencio. Todos menos yo estaban en paz o disfrutando. Yo, como un demonio, llevaba en mi interior un tormento infernal. Sintiéndome completamente solo e incomprendido, quería arrancar los árboles, causar caos y destrucción, y luego sentarme y regocijarme con la ruina".

210 "Pero esta era una sensación maravillosa que no podía durar. Me

110

cansé y me sentí abrumado. A partir de ese momento, declaré una guerra contra todos los humanos, especialmente contra aquel que me creó y me obligó a sufrir este insoportable tormento.

El sol salió. Escuché a la gente hablar y supe que no podía regresar a mi escondite en todo el resto del día. Así que encontré un lugar oculto entre unos arbustos y decidí pasar las próximas horas pensando en mi situación.

El cálido sol y el aire fresco del día me trajeron un poco de calma; cuando pensé en lo que había ocurrido en la cabaña, me di cuenta de que tal vez había actuado demasiado rápido. Definitivamente había cometido algunos errores. Estaba claro que mi conversación había despertado el interés del padre por ayudarme, y fui tonto al exponerme al terror de sus hijos. Debería haber ganado lentamente la confianza del anciano De Lacey y después revelarme al resto de la familia cuando estuvieran preparados para conocerme. Pero no creí que mis errores fueran imposibles de solucionar; después de pensar durante mucho tiempo, decidí volver a la cabaña, buscar al anciano y tratar de convencerlo de unirse a mí".

Estos pensamientos me tranquilizaron y por la tarde caí en un profundo sueño, pero mi sangre caliente hizo que tuviera pesadillas. Finalmente, cuando llegó la noche, salí sigilosamente de mi escondite en busca de comida.

Después de comer, me arrastré hasta mi choza. Llegó la mañana y el interior de la cabaña estaba oscuro, no se oía ningún movimiento. Estaba muy preocupado. No puedo describir la agonía de esta incertidumbre.

Al poco tiempo, pasaron dos hombres, pero no tenía idea de lo que estaban diciendo. Sin embargo, poco después, se acercó Félix con otro hombre. Me sorprendió, ya que sabía que no había salido de la cabaña esa mañana, y esperaba ansiosamente ver qué estaba pasando.

"¿Crees," le dijo su amigo, "tendrás que pagar tres meses de alquiler y perder las cosechas de tu jardín? No quiero aprovecharme de ti, así que te pido que te tomes un tiempo para pensar en tu decisión."

"Es inútil," respondió Felix. "Nunca podremos volver a vivir en tu cabaña. La vida de mi padre está en gran peligro debido a lo que te he contado. Mi esposa y mi hermana nunca se recuperarán del horror. Por favor, no intentes hacerme razonar. Recupera tu casa y déjame irme de este lugar."

Felix temblaba mientras hablaba. Él y su amigo entraron en la cabaña, donde se quedaron unos minutos antes de marcharse. Jamás volví a ver a la familia De Lacey nuevamente.

213   Pasé el resto del día en mi pequeña casa sintiéndome completamente desesperado y estúpido. Mis tutores se habían ido y habían roto la única cosa que me conectaba con el mundo. Por primera vez, sentí un fuerte deseo de venganza y odio. Pensé en los De Lacey con cariño, pero nuevamente, cuando recordé que me habían rechazado y abandonado, la ira regresó, una ira intensa. Dado que no podía hacerle daño a las personas, dirigí mi furia hacia objetos que no podían sentir nada. A medida que llegaba la noche, coloqué varias cosas inflamables alrededor de la cabaña y, después de destruir todo el jardín, esperé impaciente a que la luna se escondiera para poder comenzar mi plan.

214   A medida que la noche se hizo más oscura, un fuerte viento sopló desde el bosque, alejando las nubes que estaban colgando en el cielo. La ráfaga de viento se sentía poderosa, como una avalancha gigante, y me hacía sentir como si estuviera perdiendo la razón. Encontré una rama seca de un árbol y la encendí. Empecé a bailar con frenesí alrededor de la cabaña, mis ojos fijos en el horizonte donde la luna casi se escondía. Finalmente, la luna comenzó a desaparecer detrás del horizonte, y agité mi rama ardiendo. Se hundió y, con un grito fuerte, prendí fuego a la paja, y los arbustos que había reunido. El viento soplaba más fuerte y las llamas rápidamente rodearon la cabaña, lamiéndolas con sus lenguas destructivas.

Una vez que me di cuenta de que nadie podía salvar ninguna parte de la casa, dejé el lugar y busqué refugio en el bosque cercano.

215 "Y ahora, ¿a dónde debería ir? Pensé en tratar de encontrarte. Habías mencionado Ginebra como el nombre de tu ciudad natal; y hacia este lugar resolví dirigirme.

Pero, ¿cómo iba a orientarme? No podía pensar en nada de eso. Solo sabía que tenía que encontrarte. Necesitaba respuestas y tú necesitabas dármelas a mí".

216 Mi viaje fue largo y de mucho sufrimiento. Dejé el lugar donde había estado viviendo durante mucho tiempo a finales del otoño. Solo viajaba de noche porque tenía miedo de ver a cualquier otro ser humano. La naturaleza a mi alrededor estaba muriendo. Cuanto más me acercaba a donde vivías, más sed de venganza sentía. La nieve caía y todo se congelaba, pero no me detuve. A veces encontraba algunas cosas que me mostraban el camino y tenía un mapa de la zona, pero a menudo me perdía. Estaba tan adolorido que no podía descansar. Cada pequeña cosa que sucedía alimentaba mi ira y mi desgracia. Pero algo que ocurrió cuando llegué a las fronteras de Suiza, cuando el sol comenzó a calentar de nuevo y la tierra se veía verde, hizo que mis sentimientos fueran aún más horribles y amargos.

217 Generalmente descansaba durante el día y sólo viajaba de noche para que nadie me viera. Pero una mañana, como tenía que pasar por un bosque profundo, decidí continuar mi viaje con la salida del sol. Era uno de los primeros días de primavera, y el sol y el aire cálido me hacían sentir alegre, lo cual era bastante inusual para mí. Me sorprendieron gratamente las nuevas emociones de dulzura y felicidad que surgieron en mí. Por un momento, olvidé mi soledad y apariencia, y me permití ser feliz. Lágrimas de alegría rodaron por mis mejillas, e incluso levanté la vista hacia el sol brillante con gratitud por traer tanta felicidad a mi corazón.

218 Continué avanzando por los senderos dentro del bosque hasta llegar al límite donde había un río profundo y rápido. Algunos árboles se inclinaban sobre el río con nuevas hojas de primavera. No sabía qué camino tomar, así que me detuve y escuché voces. Decidí esconderme bajo un ciprés. Justo en ese momento, una joven corrió

hacia mí, riendo como si estuviera jugando al perseguido. Siguió corriendo a lo largo de la empinada orilla del río y de repente resbaló y se cayó al agua que corría muy rápido. Sin pensarlo, salí corriendo de mi escondite y usé todas mis fuerzas para salvarla y llevarla a la orilla. Estaba inconsciente e intenté todo lo que pude para despertarla. De repente un campesino, probablemente la persona con la que estaba jugando, se acercó. Cuando me vio, me arrebató a la chica y rápidamente corrió adentrándose en el bosque. Lo seguí, sin estar seguro de por qué. Pero cuando vio que me acercaba, sacó una pistola y me disparó. Caí al suelo, y él rápidamente huyó hacia el bosque.

219 Esta fue la recompensa por mi bondad. Había salvado la vida de alguien y, a cambio, ahora me encontraba sufriendo por una herida profunda. Los sentimientos de bondad y amabilidad que acababa de sentir fueron reemplazados por una intensa rabia y odio hacia todas las personas. El dolor me abrumó, provocando que me desmayara.

Durante unas semanas, viví una vida miserable en el bosque, intentando curar mi herida. No sabía si la bala seguía dentro de mí o si me había atravesado. Además, no tenía forma de sacarla. Todos los días juraba vengarme.

Después de unas semanas, finalmente sanó mi herida y continué mi viaje. Las dificultades que soporté ya no podían ser aliviadas por el cálido sol o la suave brisa de primavera. Cualquier alegría parecía una burla cruel, recordándome mi existencia solitaria y el hecho de que no podía encontrar la felicidad.

Pero mis luchas estaban casi terminando. En dos meses, llegué cerca de Ginebra.

220 Llegué al anochecer, así que encontré un lugar para esconderme en los campos que rodean el pueblo. Necesitaba tiempo para pensar en cómo acercarme a ti. Estaba cansado, hambriento y demasiado triste como para apreciar la suave brisa de la tarde o la vista del sol poniéndose detrás de las altas montañas del Jura.

En ese momento me adormecí un poco y encontré algo de alivio en mis turbados pensamientos. Sin embargo, mi descanso fue interrumpido por la llegada de un encantador niño que corrió hacia el mismo escondite donde yo estaba, rebosante de energía y con la alegría de la juventud. Mientras lo miraba, una idea me golpeó: este pequeño era inocente y no había tenido suficiente tiempo para desarrollar el miedo a la deformidad. Si pudiera llevarlo conmigo y criarlo como mi compañero y amigo, tal vez no me sentiría tan solo en este mundo lleno de gente.

Impulsado por esta idea, lo agarré cuando pasaba a mi lado y lo atraje hacia mí. En el momento en que me vio, se cubrió los ojos con las manos y soltó un grito agudo. Le quité a la fuerza las manos de la cara y dije: "Niño, ¿por qué reaccionas así? No quiero hacerte daño; solo escúchame".

Luchó contra mi agarre y gritó: "¡Déjame ir! ¡Monstruo! ¡Criatura fea! ¡Quieres comerme y despedazarme! ¡Eres un ogro! ¡Déjame ir o se lo diré a mi papá!"

"Chico, no volverás a ver a tu padre. Tienes que venir conmigo", respondí.

"¡Monstruo horrendo! ¡Déjame ir! Mi papá es una persona importante. Él es el señor Frankenstein, un Síndico. Él te castigará. ¡No te permitirá quedarte conmigo!"

"¡Frankenstein! Así que eres familia de mi enemigo, aquel de quien he jurado vengarme por siempre. Serás mi primera víctima", declaró la criatura.

El niño siguió defendiéndose e insultándome con palabras que atravesaban mi corazón. Para callarlo, le agarré el cuello y, en un instante, cayó sin vida a mis pies.

Miraba a mi víctima, y una oleada malvada de satisfacción y triunfo llenaba mi corazón. Aplaudiendo, exclamé: "Yo también puedo causar destrucción. Mi enemigo no es invencible. Esta muerte le traerá desesperación y sufrimientos que lo atormentarán hasta destruirlo".

Mientras miraba fijamente al niño, noté que algo brillaba en su pecho. Lo tomé, y me di cuenta que era un camafeo con la imagen de una mujer hermosa. A pesar de mi malvada intención, esa imagen me ablandó y cautivó. Por un breve momento me deleité con sus ojos oscuros, enmarcados por largas pestañas y sus labios encantadores. Pero pronto, mi ira regresó. Recordé que estaba privado por siempre de la felicidad que esas hermosas criaturas me podrían ofrecer. Si alguna me viera, su expresión de divina bondad se transformaría en disgusto y miedo.

¿Te imaginas la rabia que sentí al pensar en eso?. Pero lo que me maravilla es que, en ese momento, no me lancé contra la humanidad, gritando de agonía y desesperación, y morí en ese intento.

222 Abandoné el lugar donde había cometido el asesinato, sintiéndome atormentado por esos sentimientos. Busqué un escondite más tranquilo y encontré en un establo vacío. En su interior, había una mujer joven que dormía sobre un montón de paja. No era tan hermosa como la mujer de la imagen, pero tenía un rostro agradable y una apariencia sana y juvenil. Pensé, aquí hay alguien que comparte sus sonrisas alegres con todos, pero eso no lo haría conmigo. Me acerqué y le susurré: "Despierta, querida. Tu amante está aquí, alguien que daría su vida solo para ver un destello de afecto en tus ojos. Mi amada, ¡por favor, despierta!".

La durmiente se movió, y el miedo me recorrió el cuerpo. ¿Y si despertaba, y al verme me maldecía y me exponía como un asesino? Seguramente eso es lo que haría si abriera los ojos y me viera. Esos pensamientos me volvieron loco. Despertaron lo malo dentro de mí. Decidí que ella, no yo, debería sufrir. Cometí el asesinato porque me han robado todo lo que ella hubiera podido darme, así que ella debería pagarlo. Gracias a lo que aprendí de Félix y las duras leyes de la sociedad, sabía cómo causar daño. Me incliné sobre la muchacha y coloqué con cuidado el camafeo en un doblez de su vestido, luego comprobé que estuviera bien seguro. Ella se movió de nuevo, y yo me alejé corriendo.

223 Durante unos días, seguí volviendo al lugar de los hechos. A veces, quería verte, y otras pensaba en abandonar el mundo y sus problemas para siempre. Finalmente, me adentré en estas montañas y exploré sus vastas áreas ocultas mientras me consumía un gran deseo que solo tú puedes cumplir. No podemos separarnos hasta que

prometas hacer lo que te pido. Estoy completamente solo y abatido porque la gente no me aceptará. Pero alguien tan desfigurado y espantoso como yo no diría que no. Mi compañera debe ser de la misma clase y tener las mismas imperfecciones. Tienes que crear ese ser para mí".

CHAPTER XVII

224   EL MONSTRUO DEJÓ de hablar y me miró, esperando una respuesta. Pero yo estaba confundido incapaz de organizar lo suficiente mis pensamientos para entender lo que me pedía. Siguió diciendo,

"Tienes que crear una mujer para mí. Lo exijo como algo que debes darme."

Mientras terminaba de contar su historia, mi ira volvió a encenderse. Ya no podía contener mi furia.

"Me niego", dije firmemente. "Ninguna tortura me hará ceder. Puedes hacerme la persona más miserable, pero nunca me harás sentir vergüenza de mí mismo. ¿Debería crear a alguien como tú, cuya maldad podría destruir el mundo? ¡Vete! Te he dado mi respuesta. Puedes intentar torturarme, pero nunca cederé".

225   "Te equivocas", dijo el demonio. "En lugar de amenazar, quiero razonar contigo. Soy maligno porque soy desgraciado. Todos me evitan y me odian, incluyéndote a ti, mi creador. Tú me despedazarías y te sentirías feliz. Recuerda eso y dime por qué debería compadecerme de los humanos si ellos no se compadecen de mí. No llamarías asesinato a arrojarme a una de esas grietas de hielo y destruir el cuerpo que tú haz creado. ¿Debería respetar a los

humanos cuando ellos me desprecian? Vamos a vivir juntos en armonía y en lugar de hacernos daño, yo te daré todos los beneficios con lágrimas de gratitud cuando los aceptes. Pero eso no puede suceder, mientras tengámos diferencias en la forma de pensar, así será imposible que nos unamos. No seré esclavo de nadie. Me vengaré por lo que me has hecho. Si no puedo inspirar amor, haré que las personas me teman. Y dirigiré la mayor parte de ese terror hacia ti, mi archienemigo, porque tú eres mi creador. Te juro que te odiaré por siempre. Ten cuidado: trabajaré para destruirte y no me detendré hasta aplastar tu corazón, para que te arrepientas del día en que naciste".

Una ira feroz lo consumió mientras hablaba; su rostro se contorsionó de una manera demasiado aterradora para que cualquier persona lo presenciara. Pero pronto recuperó la compostura y continuó—

"Quería razonar contigo. Esta intensa emoción me hace daño, pero no te das cuenta de que tú eres la razón de su intensidad. Si alguien alguna vez me mostrara amabilidad, la devolvería cien veces más. ¡Por esa persona, haría las paces con todos! Pero ahora solo sueño con una felicidad que nunca podré tener. Lo que te pido es justo y razonable: quiero un compañero. Sé que seríamos rechazados por la sociedad, pero eso solo nos haría más unidos el uno al otro. Nuestras vidas no serán felices, pero estarán libres de miserias. Por favor, no me niegues."

Me sentí profundamente afectado. El pensamiento de lo que podría suceder si aceptaba me hizo temblar, pero había algo de verdad en su argumento. Su historia y sus sentimientos actuales demostraban que era capaz de experimentar emociones profundas. Como su creador, ¿no le debía yo la felicidad que pudiera darle? Él notó mi cambio de actitud y siguió hablando—

"Si estás de acuerdo, nunca más seremos vistos por ti ni por ningún otro humano. Iremos a la inmensa selva de Sudamérica. No como la misma comida que los humanos. Las bellotas y las bayas me dan suficiente nutrición. Mi compañera será como yo y estará satisfecha con esa comida. Dormiremos sobre hojas secas. No necesitaremos mucho. Aunque has sido cruel conmigo, veo compasión en tus ojos ahora. Permíteme aprovechar esta oportunidad para convenserte de que me prometas lo que deseo desesperadamente".

"Tu sugieres", respondí, "que deberías huir y vivir en la naturaleza donde sólo los animales serán tus compañeros. ¿Cómo puedes, tú que anhelas el amor y la comprensión humana, vivir en ese exilio? Regresarás y buscarás de nuevo su bondad, pero ellos te odiarán. Tus deseos malvados regresarán y entonces tendrás una compañera que te ayudará a causar más destrucción. Eso no puede suceder. Por favor, deja de discutir; no puedo estar de acuerdo con tu solicitud".

228 "¡Qué rápido cambian tus sentimientos! Hace apenas un momento, te viste conmovido por lo que dije, ¿por qué ahora se endurece tu corazón? Te prometo, por la tierra en la que vivo y por quien me creó, que si me das una compañera, dejaré la sociedad humana y viviré donde sea, incluso en los lugares más salvajes. Mis deseos malévolos se desvanecerán porque tendré compañía. No maldeciré a aquel que me creó".

Sus palabras tuvieron un efecto extraño en mí. Sentí pena por él. Pensé que, ya que no podía sentir igual que él, no tenía derecho a negarle la pequeña cantidad de felicidad que podía ofrecerle.

"Tú prometes", dije, "ser inofensivo, pero ¿no has mostrado cierta malicia que me hace, por lógica, desconfiar de ti? ¿No podría ser, todo esto, una trampa para sentirte satisfecho y buscar más venganza?"

229 "¿Qué está pasando? No seré tratado a la ligera y quiero una respuesta. Si no tengo conexiones ni amor en mi vida, entonces estaré lleno de odio y vicio. Solo el amor de otra persona me contendrá de cometer crímenes, y me convertiré en alguien que nadie sabe que existe. Mis malos comportamientos provienen de la soledad que detesto, y mis cualidades buenas surgirán naturalmente cuando esté en compañía de alguien igual que yo. Experimentaré emociones como cualquier persona sensible y formaré parte de la cadena de vida y los sucesos de los que actualmente estoy excluido".

Me tomé un tiempo para reflexionar sobre sus argumentos. Consideré la promesa de sus virtudes. También pensé en su poder y en sus amenazas: una criatura que podía sobrevivir en cuevas heladas y esconderse en acantilados inalcanzables tendría habilidades que no se podrían enfrentar fácilmente. Después de reflexionar profundamente, decidí que la justicia para él y para mis congéneres, precisaba que le concediera su deseo. Volviéndome hacia él, dije:

230 "Estoy de acuerdo con tu solicitud, pero debes prometer bajo juramento que dejarás, para siempre, Europa y cualquier otro lugar cerca de los seres humanos. Una vez que te dé una compañera para tu destierro, debes cumplir tu promesa," le dije.

Exclamó, "Lo juro. Nunca me verán de nuevo mientras estén vivos. Regresa a tu hogar y comienza tus preparativos. Observaré ansiosamente tu progreso y cuando estés listo, apareceré."

Después de decir esto, se alejó rápido y me dejó; quizás preocupado de que mis sentimientos pudieran cambiar. Lo observé descender velozmente la montaña, más rápido que un águila en vuelo, y pronto desapareció entre las olas heladas del mar".

231 Su relato me había ocupado todo el día; ya era casi la puesta de sol cuando él se fue. Me sentí mal al pensar en cómo él se abriría camino hacia dondequiera que se dirigiera. Lloré mucho y junté mis manos angustiado. "Oh, estrellas, nubes y viento", dije, "Si realmente sienten lástima por mí, quiten mis sentimientos, mis recuerdos y háganme desaparecer. Pero si no lo harán, entonces váyanse, váyanse y déjenme en la oscuridad".

Estos eran pensamientos locos y miserables.

232 Llegué al pueblo de Chamounix por la mañana, pero no descansé. En cambio, inmediatamente volví a Ginebra. No podía encontrar las palabras para expresar cómo me sentía; mis emociones me abrumaban y sobrecargaban como una pesada montaña. Así que regresé a casa para estar con mi familia. Quedaron profundamente alarmados por mi aspecto cansado, pero no respondí ninguna

pregunta y apenas hablé. Estaba totalmente perdido en pensamientos sobre lo que debía hacer a continuación.

CHAPTER XVIII

 PASARON muchos días y semanas desde mi regreso a Ginebra, pero no pude encontrar el valor para volver a trabajar. Sentía miedo por la venganza del decepcionado monstruo, pero no quería hacer la tarea que me había encomendado. Para crear una mujer necesitaba estudiar e investigar durante varios meses. Oí hablar de un científico inglés que hizo algunos descubrimientos importantes que podrían ayudarme, y pensé en preguntarle a mi padre si podía ir a Inglaterra por esa razón. Pero seguía buscando excusas para retrasar el viaje, y no quería empezar una tarea que ya no me motivaba. Algo había cambiado en mí: mi salud mejoró y tenía buen ánimo cuando no pensaba en mi desdichada promesa. Mi padre estaba contento de ver este cambio, y trató de encontrar formas de ayudarme a deshacerme de mi tristeza, que a veces regresaba y hacía que todo pareciera oscuro de nuevo. Durante esos momentos, encontraba consuelo estando completamente solo. Pasaba días enteros en el lago en un pequeño bote, observando las nubes y escuchando el sonido de las olas. Me hacía sentir tranquilo y en paz. Y cuando regresaba, recibía a mis amigos con una sonrisa más cálida y un corazón más feliz.

 Después de regresar de uno de mis paseos, mi padre me pidió

hablar en privado conmigo. Dijo: "Me alegra verte disfrutar de tus antiguos placeres de nuevo y empezar a ser tú mismo. Pero sigues infeliz y evitando estar con nosotros. He estado tratando de entender por qué. ¿Qué te pasa?"

Me asusté mucho con el inicio de la conversación; mi padre continuó diciendo: "Admito que siempre pensé que tú y Elizabeth se casarían y traerían felicidad a nuestro hogar. Han estado cerca desde que eran bebés, estudiaron juntos y tienen intereses similares. Pero a veces las personas no ven las cosas claramente. Lo que pensé que ayudaría a mi plan puede haberlo arruinado en realidad. Tal vez veas a Elizabeth solo como una hermana y no quieras casarte con ella. Quizás has conocido a alguien más a quien amas, y te sientes atrapado por tu compromiso con Elizabeth. Esta lucha podría estar causando la profunda tristeza que muestras".

"Querido padre, por favor no te preocupes. Amo a mi prima, verdadera y profundamente. Elizabeth es la única mujer que ha despertado en mí una admiración y cariño tan intensos. No puedo imaginar mi futuro sin la esperanza de casarme con ella".

"Tus palabras me llenan de gran alegría, mi querido Víctor. Si sientes de esa manera, seguramente encontrarán la felicidad juntos, sin importar los desafíos que puedan enfrentar. Pero percibo que algo te está preocupando profundamente. Por favor, cuéntame si tienes alguna inquietud respecto a que se casen de inmediato. Hemos atravesado eventos desafortunados recientemente, los cuales han perturbado la paz que solíamos tener. Yo ya soy mayor y comprendo que tú tienes una buena cantidad de dinero. Casarte temprano no debería interferir en ninguno de tus planes de éxito ni la posibilidad de hacer el bien al mundo. Sin embargo, no quiero imponerte la felicidad y si necesitas más tiempo, no me causará gran preocupación. Por favor, entiende mis intenciones y sinceramente cuéntame lo que piensas y sientes".

Escuché a mi padre en silencio y no pude responder de inmediato. Mi mente daba vueltas con muchos pensamientos mientras trataba de tomar una decisión. Pero, ay, la idea de casarme con Elizabeth de inmediato me aterraba y me llenaba de pavor. Había hecho una promesa solemne que aún no había cumplido y no podía romper. Si lo hacía, muchas cosas terribles podrían sucederme a mí y a mi familia amada. ¿Cómo podría ir a una celebración cargando con este peso alrededor de mi cuello, arrastrándome hacia abajo? Debía mantener mi promesa y dejar ir al monstruo con su compañera antes de poder encontrar paz en la alegría de nuestro matrimonio.

237 También recordé que tenía que ir a Inglaterra o comunicarme con los filósofos de allí para obtener el conocimiento que necesitaba acerca de los nuevos descubrimientos que servirían a mi proyecto actual. La segunda opción, intercambiar cartas, era lenta e insatisfactoria. Además, realmente no quería quedarme haciendo mi repugnante tarea en la casa de mi padre mientras estaba rodeado de mis allegados. Sabía que muchas cosas podrían salir mal, incluso el más mínimo detalle podría revelar la horrorosa verdad a todos los que me rodeaban. Necesitaba estar solo para poder trabajar. Después de cumplir mi promesa, el monstruo desaparecería para siempre. O tal vez (si se me permitiera imaginar), algo podría sucederle y liberarme de ser su esclavo eternamente.

238 Le conté a mi padre mis deseos y le pregunté si podía ir a Inglaterra. No revelé las verdaderas razones detrás de mi solicitud, sino que hice parecer que solo quería ir de viaje por diversión. Él estuvo de acuerdo.

Me permitió decidir cuánto tiempo quería quedarme allí, unos meses o tal vez un año como máximo. También se aseguró de que no estaría solo durante mi viaje. Sin decírmelo de antemano, él y Elizabeth planificaron que mi amigo, Clerval, fuera conmigo. Me alegré, pero también me preocupé un poco. Necesitaba concentrarme realmente. Pero la presencia de Henry podría evitar que mi enemigo me molestara. Si estuviera solo, ¿no se metería a veces en mi vida, vigilándome y recordándome mi trabajo?

239 Estaba decidido a ir a Inglaterra, y se entendía que cuando regresara, me casaría con Elizabeth de inmediato. Mi padre, al ser mayor, no quería retrasos.

Comencé a hacer planes para mi viaje, pero un temor no dejaba de inquietarme. ¿Qué pasaría con mis allegados mientras estuviera ausente? Ellos no sabían nada de nuestro enemigo y no estarían protegidos de sus ataques. Él me había prometido seguirme a donde sea que fuera, ¿así que vendría conmigo a Inglaterra? Esta idea era aterradora, pero al mismo tiempo, me tranquilizaba, ya que significaba que mis familiares y amigos estarían a salvo. Me atormentaba la posibilidad de que sucediera lo contrario. Sin embargo, durante todo el tiempo en que estuve bajo el control de mi creación, dejé que mis impulsos me guiaran, y mis sentimientos actuales sugerían con fuerza que el monstruo me seguiría y mi familia estaría a salvo de sus malvados planes.

240   A fines de septiembre, salí de casa nuevamente. Fue mi decisión emprender este viaje y Elizabeth estuvo de acuerdo, aunque le preocupaba que estuviera lejos. Ella quería que regresara pronto: no encontraba las palabras para expresar todas sus emociones encontradas cuando nos despedimos entre lágrimas.

Subí al carruaje, sin estar seguro de hacia dónde me dirigía y sin prestar atención a lo que sucedía a mi alrededor. Llevaba todas mis herramientas conmigo. Aunque sabía que el camino hacia mi destino sería hermoso, solo podía pensar en la tarea que tenía por delante.

241   Después de unos días de ocio, en los que recorrí una larga distancia, llegué aStrasburgh. Esperé allí durante dos días a Clerval. Finalmente, llegó. Pero, ¡oh, cómo éramos diferentes! Él se emocionaba con cada nueva vista. Se alegraba al ver la hermosa puesta de sol e incluso se ponía más feliz al contemplar el amanecer de un nuevo día. Sinceramente, yo estaba consumido por pensamientos grises. No noté la estrella de la tarde ni el amanecer dorado. Él contemplaba el paisaje con emoción y entusiasmo, muy diferente a mí que estaba sumergido en mis propias reflexiones. Soy sólo una persona desgraciada e infeliz, condenada a sufrir.

242   Habíamos planeado hacer un viaje en barco por el Rin desde Estrasburgo hasta Rotterdam, donde abordaríamos un barco hasta Londres. Durante este viaje, pasamos por muchas islas pequeñas

cubiertas de árboles de sauce y vimos algunas hermosas ciudades a lo largo del camino. Un día nos detuvimos en Manheim y llegamos a Mayence al quinto día desde que dejamos Estrasburgo. A los pies de Mayence, el Rin adquiere un escenario más pintoresco. El río fluye rápidamente y serpentea entre las colinas que pueden no ser muy altas, pero tienen formas encantadoras. En los bordes de los empinados acantilados que están rodeados de bosques oscuros, altos e inaccesibles vimos, como colgando, muchos castillos antiguos en ruinas. Esta parte del Rin ofrece un paisaje único y cambiante. En algunos lugares, se pueden ver colinas escarpadas, ruinas de castillos que se alzan sobre los empinados acantilados, con el profundo río Rin fluyendo por debajo. Luego, al doblar una esquina, te puedes encontrar un viñedo floreciente en un promontorio, con orillas verdes e inclinadas y también un río sinuoso, con ciudades animadas y bulliciosas.

243 Viajamos durante la época de la vendimia y escuchamos a los trabajadores cantar mientras navegábamos por el río. Aunque me sentía deprimido y tenía pensamientos sombríos, me sentía feliz. Me acosté en el fondo del barco y miré hacia arriba al cielo claro y azul, y sentí una paz que no había sentido en mucho tiempo. Y si yo me sentía así, imagina cómo se sentía Henry. Pensaba que había sido transportado a un lugar mágico y estaba experimentando una felicidad que es rara para las personas. "He visto", dijo, "los lugares más hermosos de mi país. He estado en el lago Lucerna y el lago Uri, donde las montañas nevadas se sumergen en el agua, creando sombras oscuras que podrían ser grises y tristes si no fuera por las exuberantes islas verdes que iluminan todo. He visto tormentas en el lago, con el viento formando remolinos de agua, dándonos una idea de cómo es un tornado en el gran océano. Las olas chocan violentamente contra la base de la montaña donde un sacerdote y su amante fueron enterrados por una avalancha. Dicen que todavía se pueden escuchar sus voces en el viento nocturno. He visto las montañas en Valais y Vaud, pero este lugar, Victor, me complace más que todas esas maravillas. Las montañas suizas son más grandes y extrañas,

pero hay algo especial en las orillas de este asombroso río que nunca he visto en ningún otro lugar. Mira ese castillo colgando sobre el acantilado y el que está en la isla, escondido entre las hojas verdes de los árboles. Ahora mira al grupo de trabajadores que vienen de sus viñedos y al pueblo escondido en la montaña. Oh, seguro, el espíritu que vive aquí y protege este lugar comprende y se conecta más con los humanos que aquellos que escalan glaciares o se esconden en la cima de los picos inalcanzables de nuestro país".

244   ¡Clerval! ¡Querido amigo! Estoy tan feliz de escribir tus palabras ahora y pensar en los cumplidos que verdaderamente mereces. Eras como un personaje de un hermoso poema, creado por la propia naturaleza. Tus pensamientos salvajes e imaginativos eran equilibrados por tu corazón sensible. Tenías tanto amor en tu alma, y tu amistad era tan profunda y asombrosa que la gente dice que solo puede existir en los cuentos. Pero aunque tenías conexiones profundas con los demás, no era suficiente para tu mente curiosa. Tenías una pasión ardiente por el mundo natural que los otros solamente apreciaban, pero tú realmente amabas:

"La cascada ruidosa era una obsesión para ti. Las altas rocas, montañas y bosques oscuros con todos sus colores y formas eran, para ti, más que simples vistas. Eran como alimento para tu alma, algo para sentir y amar profundamente. No necesitabas nada más, como pensamientos u otros intereses, para hacerlos aún más especiales. Solo mirarlos con tus propios ojos era suficiente".

Y ahora, ¿dónde estás? ¿Se ha ido para siempre esta persona amable y encantadora? ¿Ha desaparecido esta mente brillante, llena de ideas creativas y pensamientos grandiosos que formaban todo un mundo, un mundo que solo existía gracias a ti? ¿Solo existe ahora en mis recuerdos? No, eso no es cierto. Tu cuerpo, bellamente formado y radiante, puede haberse descompuesto, pero tu espíritu aún visita y reconforta a tu triste amigo.

245   Perdona mi tristeza. Extraño mucho a Henry. Continuaré con mi relato.

Más allá de Colonia, descendimos hasta las llanuras de Holanda.

Nuestro viaje perdió el interés por los hermosos paisajes aquí, pero llegamos en pocos días a Róterdam, desde donde nos dirigimos por mar a Inglaterra. Fue en los últimos días de diciembre y en una mañana clara, cuando vi por primera vez los acantilados blancos de Gran Bretaña. Las orillas del Támesis presentaban una nueva escena. Eran planas, pero fértiles, y casi todos los pueblos estaban marcados por el recuerdo de alguna historia. Tanta historia.

CHAPTER XIX

 DECIDIMOS DESCANSAR un tiempo en Londres. Planeábamos quedarnos aquí durante varios meses en esta famosa e increíble ciudad. Clerval quería conocer y estar un tiempo con personas talentosas e inteligentes que prosperaban en ese momento. Pero para mí ese no era el objetivo principal. Mi enfoque principal era encontrar la información que necesitaba para cumplir mi promesa. Rápidamente aproveché las cartas de presentación que llevaba conmigo. Estas cartas estaban dirigidas a los científicos más conocidos.

Si este viaje hubiera ocurrido durante mis días de estudiante, cuando era feliz, me habría traído una inmensa alegría. Pero mi vida se vio afectada por una terrible tragedia y ahora solo visitaba a estas personas para recopilar la información que necesitaba desesperadamente. Estar rodeado de otras personas era difícil para mí. Cuando estaba solo, podía perderme en las maravillas del mundo que me rodeaba. La voz de Henry me reconfortaba y por un breve momento podía engañarme a mí mismo sintiéndome en paz. Pero ver rostros ocupados, poco interesantes y felices solo traía de vuelta mi desesperación. Sentía que había una barrera insuperable entre las otras personas y yo. Esta barrera estaba manchada con la sangre de

William y Justine. Pensar en los eventos relacionados con esos nombres me llenaba de tristeza.

En Clerval, veía reflejado mi yo del pasado. Él era curioso y ansioso por aprender. Encontraba fascinantes y entretenidas las diferencias en los modales. Siempre estaba ocupado, y lo único que empañaba su alegría era mi tristeza. Yo hacía todo lo posible por ocultarla, para no impedirle experimentar la satisfacción de comenzar un nuevo capítulo en su vida sin preocupaciones ni dolorosos recuerdos. Muchas veces rechazaba sus invitaciones, alegando otras obligaciones, para poder estar solo. En ese momento, también comencé a recopilar los materiales que necesitaba para mi nueva creación. Sentía como si me estuvieran torturando poco a poco cada vez que lo pensaba. Incluso mencionarlo hacía temblar mis labios y acelerar mi corazón.

Después de pasar unos meses en Londres, recibimos una carta de alguien en Escocia que nos había visitado cuando estábamos en Ginebra. Hablaban de lo hermoso que era su país y nos invitaban a ir tan al norte como Perth, donde vivían. Clerval realmente quería ir, y aunque no me gustaba estar cerca de la gente, quería volver a ver montañas y arroyos, y todas las cosas increíbles que la Naturaleza crea en esos lugares.

Llegamos a Inglaterra en octubre, y ahora era febrero. Decidimos que iniciaríamos nuestro viaje hacia el norte a finales del próximo mes. En lugar de tomar el camino principal hacia Edimburgo, planeamos visitar Windsor, Oxford, Matlock y los lagos de Cumberland. Queríamos terminar este viaje a finales de julio. Empaqué mis herramientas de química y las cosas que había recolectado, y planifiqué terminar mi trabajo en un lugar tranquilo en las tierras altas de Escocia.

El 27 de marzo, dejamos Londres y nos quedamos en Windsor durante unos días. Exploramos su hermoso bosque, que para nosotros que veníamos de las montañas, era algo nuevo. Los grandes robles, la abundancia de animales y los grupos de elegantes ciervos eran cosas que nunca antes habíamos visto.

249   Luego fuimos a Oxford. Cuando llegamos a la ciudad, no pudimos evitar pensar en las cosas importantes que sucedieron aquí hace más de 150 años. Fue aquí donde Carlos I reunió a su ejército. Oxford se mantuvo leal a él incluso cuando el resto del país se unió al bando del parlamento por la libertad. Recordar a ese desafortunado rey y a sus compañeros - Falkland, Goring, su reina y su hijo - hacía que cada parte de la ciudad se sintiera especial, como si estuviera viviendo allí. La ciudad en sí era lo suficientemente hermosa como para captar nuestra atención, incluso sin esos sentimientos especiales. Los colegios eran antiguos y pintorescos, y las calles eran impresionantes. El hermoso río Isis fluía junto a la ciudad, rodeado de hermosos prados verdes. Las aguas tranquilas reflejaban las torres majestuosas, los campanarios y las cúpulas, que parecían estar encajadas entre árboles antiguos.

250   Me gustó mucho esta escena, pero mi disfrute fue empañado al recordar el pasado y pensar en el futuro. Se suponía que debía ser feliz y estar en paz. Cuando era joven, nunca me sentí infeliz, y si alguna vez me aburría, me reconfortaba contemplar la belleza de la naturaleza o estudiar cosas sorprendentes creadas por la humanidad . Pero ahora me siento roto, como un árbol golpeado por un rayo. Supe entonces que sobreviviría, pero me convertiría en alguien desafortunado e insoportable.

Pasamos bastante tiempo explorando las áreas alrededor de Oxford, e intentando visitar lugares que fueron importantes en la emocionante historia inglesa. Nuestras pequeñas aventuras a menudo duraban más de lo esperado porque seguíamos encontrando cosas interesantes. Por algunos instantes, me atrevía a sentirme libre y valiente nuevamente. Pero el dolor volvía a apoderse de mí y aparecía el miedo y la impotencia.

251   Partimos de Oxford con cierta tristeza y nos dirigimos a Matlock, nuestro próximo destino. El área alrededor del pueblo se parecía un poco a Suiza, aunque en menor escala y sin las grandes montañas blancas a lo lejos. Fuimos a ver una cueva y un pequeño museo con cosas interesantes de la naturaleza. Me recordaba a las colecciones

en Servox y Chamounix. La mención de Chamounix me asustó por lo que pasó allí, así que rápidamente, por ese recuerdo, dejé Matlock.

Desde Derby, continuamos hacia el norte y pasamos dos meses en Cumberland y Westmorland. Casi parecía estar en las montañas suizas. Los parches de nieve en las montañas, los lagos y los arroyos turbulentos me resultaban especialmente familiares. También hicimos algunos amigos que nos hicieron muy felices y pude olvidar casi por completo mis problemas. Clerval, en especial, disfrutaba estar rodeado de personas talentosas y descubría cosas nuevas sobre sí mismo. Me dijo: "Podría vivir aquí para siempre y apenas extrañar Suiza y el Rin".

252 Pero descubrió que ser un viajero implica tanto placer como dolor. Las emociones siempre están en un estado de tensión. Justo cuando comienza a relajarse, se da cuenta de que tiene que dejar el lugar donde estaba disfrutando y avanzar hacia algo nuevo. Esa nueva experiencia capta su atención, pero luego la deja atrás en busca de nuevas vivencias.

253 Habíamos exploradohacía poco los lagos de Cumberland y West-morland y empezábamos a encariñarnos con algunas personas que vivían allí. Sin embargo, era hora de encontrarnos con nuestro amigo de Escocia, así que tuvimos que partir y continuar nuestro viaje. Personalmente, no estaba muy molesto por irme. Había descuidado la promesa que hice y tenía miedo de cómo la criatura reaccionaría al sentirse decepcionada. Me preocupaba que pudiera quedarse en Suiza y buscar venganza contra mi familia. Este pensamiento me atormentaba y me dificultaba encontrar descanso o paz. Esperaba ansiosamente por mis cartas, temiendo lo peor si se retrasaban. Cuando finalmente llegaban y veía que eran de Elizabeth o de mi padre, sentía mucho miedo de leerlas y descubrir qué sucedía. A veces creía que la criatura me estaba siguiendo, lista para hacerle daño a mi compañero como castigo por mis errores. En esos momentos, me quedaba al lado de Henry como una sombra, tratando de protegerlo de la ira imaginada de nuestro enemigo. Sentía como si hubiera hecho algo terriblemente mal, aunque era inocente. Pero

había atraído hacia mí una terrible maldición, tan real como si hubiera cometido un crimen.

254 Fui a Edimburgo sintiendo cansancio y desinterés. Pero incluso la persona más desdichada habría encontrado esa ciudad interesante. A Clerval no le gustaba tanto como Oxford porque él prefería las ciudades antiguas. Sin embargo, la belleza y el orden de la nueva ciudad de Edimburgo, su romántico castillo y los lugares cercanos y asombrosos como Arthur's Seat, St. Bernard's Well y las colinas de Pentland, compensaron el cambio y lo llenaron de felicidad y admiración. Pero yo estaba ansioso por llegar al final del viaje.

Dejamos Edimburgo una semana después y viajamos por Coupar, St. Andrew's y a lo largo de las orillas del río Tay hasta Perth, donde nuestro amigo nos esperaba. Pero yo no estaba de humor para charlar ni socializar con extraños, ni para entender sus sentimientos y planes como debería hacerlo un buen invitado. Entonces, le dije a Clerval que quería explorar Escocia por mi cuenta. "Tú", le dije, "diviértete y nos encontramos aquí. Es posible que esté fuera durante uno o dos meses, así que por favor no intentes controlar lo que hago. Dame un poco de tiempo a solas en paz y tranquilidad. Espero que cuando regrese, mi corazón esté tan feliz como el tuyo".

255 Henry intentó convencerme de lo contrario, pero estaba decidido a seguir adelante con mi plan. Me rogó que mantuviera contacto a través de cartas. Él dijo: "Prefiero estar contigo en tus paseos solitarios que con estas personas escocesas que no conozco. Date prisa en regresar, querido amigo, para que pueda sentir la sensación de hogar una vez más. No puedo hacerlo cuando no estás aquí".

Una vez me despedí de Henry, me decidí a visitar una parte remota de Escocia y finalizar mi trabajo en solitario. Estaba seguro de que el monstruo me estaba siguiendo y se revelaría una vez que terminara, para poder estar juntos.

Con esta decisión en mente, viajé a través de las tierras altas del norte y elegí una de las islas más alejadas de las Orcadas como mi lugar de trabajo. Era el escenario perfecto para mi tarea. Estaba completamente apartado.

256 En toda la isla, solo había tres chozas en ruinas y una de ellas estaba vacía cuando llegué. La alquilé y la encontré en pésimas condiciones. El techo se caía a pedazos, las paredes estaban desnudas y la puerta estaba rota. La mandé a arreglar, compré algunos muebles y me mudé. Este sorprendente evento no causó mucho revuelo entre los habitantes de las cabañas, ya que estaban demasiado adormecidos por la pobreza y la necesidad. Casi no me notaban ni me molestaban, y no mostraron mucha gratitud cuando les ofrecí comida y ropa. El sufrimiento tiene una forma de adormecer incluso las emociones más fuertes.

En este lugar secreto, trabajaba durante las mañanas. Y cuando el clima lo permitía, caminaba por la playa rocosa para escuchar el rugido de las olas. Era una vista repetitiva pero constantemente cambiante. Pensaba en Suiza, muy lejos del paisaje desolado y aterrador en el que me encontraba.

257 De esta manera, dividía mi tiempo cuando llegué aquí. Pero a medida que continuaba mi trabajo, este se volvía cada vez más terriblemente agotador. A veces no lograba entrar en mi laboratorio por varios días y otras trabajaba día y noche para terminar lo que hacía. Estaba envuelto en un proceso desordenado. Durante mi primer experimento, estaba tan emocionado que no percibía lo horrible que era mi trabajo. Me concentré en completar mi labor e ignoré el horror de lo que estaba haciendo. Pero ahora todo estaba claro, por eso a menudo me sentía contrariado por lo que hacía.

En esta desagradable situación mi estado de ánimo era inestable, por una parte hacía un trabajo terrible que necesita mucha concentración y además estaba rodeado de una inmensa soledad. Me volví inquieto y ansioso. En cada momento, tenía miedo de encontrarme con la persona que me perseguía. A veces me sentaba con la mirada fija en el suelo, temeroso de levantar la vista y ver lo que tanto temía. Tenía temor de estar solo, por si aparecía para reclamarme.

Mientras tanto, continuaba trabajando y ya había avanzado bastante. Esperaba terminar con la una esperanza entre temerosa y ansiosa que no podía cuestionar. Pero al mismo tiempo, sentía la sensación de que había algo malo en el horizonte que me tenía enfermo el estómago.

CHAPTER XX

 Una noche, estaba sentado en mi laboratorio. El sol se había puesto y la luna acababa de levantarse desde el mar. No tenía suficiente luz para trabajar, así que me tomé un descanso para reflexionar sobre si debía parar por la noche o continuar hasta terminar. Mientras estaba allí sentado, empecé a pensar en las consecuencias de lo que estaba haciendo. Hace tres años, estaba haciendo lo mismo y creé un monstruo que trajo mucho dolor y arrepentimiento a mi vida. Ahora, estaba a punto de crear otro, pero no tenía idea de cómo sería. Esta nueva criatura podría ser aún más malvada que su compañero, y encontrar placer en causar daño y sufrimiento. Mientras el ser masculino prometió mantenerse alejado de los humanos y esconderse en el desierto, la hembra podría no hacer la misma promesa. Ella, que se convertiría en un ser pensante y razonador, podría negarse a obedecer un acuerdo hecho antes de que ella existiera. Podrían incluso odiarse mutuamente. El ser que ya existía despreciaba su propia fealdad, ¿podría desarrollar un odio aún mayor al enfrentarse a una versión femenina de sí mismo? Ella también podría rechazarlo y sentirse atraída por la belleza de los humanos. Podría dejarlo y él estaría solo nuevamente, sintiéndose aún más enojado y herido porque otro ser igual lo abandonara.

259   Incluso si ellos abandonaran Europa y vivieran en el desierto de una nueva tierra, seguirían existiendo consecuencias derivadas de los deseos del monstruo. Tendrían descendencia y estos diabólicos hijos podrían hacer la vida peligrosa e incierta a toda la humanidad. ¿Era correcto que yo trajera esta maldición sobre las generaciones futuras por mi propio beneficio? Solía estar convencido por los argumentos persuasivos del monstruo y por sus aterradoras amenazas que me dejaron sin palabras.

Temblé y mi corazón se detuvo cuando levanté la vista y vi al monstruo, iluminado por la luz de la luna, parado en la ventana. Sus labios se curvaron en una sonrisa aterradora. Ahora, él había venido a observar mi progreso y a exigir que cumpliera mi promesa.

260   Yo lo miraba y él mantenía una expresión extremadamente engañosa y maligna en su rostro. Pensé en mi promesa de crear otro ser como él y me invadió la ira y el miedo. En un arranque de exaltación, rompí furiosamente la cosa en la que estaba trabajando. El monstruo me vio destruir el ser en el que había confiado su futura felicidad. Emitió un aullido de desesperación y venganza, y luego se fue.

Salí de la habitación y cerré la puerta detrás de mí. Me prometí que nunca volvería a continuar mi trabajo. Me fui a mi habitación.

Pasaron varias horas y permanecí junto a la ventana, mirando hacia el mar. Estaba tranquilo y sereno. Podía sentir el silencio a mi alrededor, aunque no me di cuenta de lo profundo que era. De repente, llamó mi atención el sonido de unos remos chapoteando cerca de la orilla y vi a alguien llegar a mi casa.

261   En cuestión de minutos, escuché el chirrido de la puerta, como si alguien intentara abrirla silenciosamente. Temblé de miedo, intuyendo quién podría ser. Quería despertar a uno de los aldeanos que vivía en una cabaña no muy lejos de la mía. Pero me sentía completamente impotente, como en esos sueños aterradores en los que intentas huir del peligro pero no puedes moverte.

Pronto, escuché pasos bajando por el pasillo. La puerta se abrió y la criatura se plantó frente a mí. Cerró la puerta y se acercó, hablando con una voz apagada.

"Destruiste lo que comenzaste. ¿Qué planeas hacer ahora? ¿Realmente vas a romper tu promesa? He soportado muchas dificultades y sufrimientos. Viajé contigo desde Suiza, crucé el Rin, pasando por sus islas y colinas. Pasé muchos meses en los páramos ingleses y los desiertos escoceses. Soporté tanta fatiga, frío y hambre. ¿Realmente vas a destruir todas mis esperanzas?"

"¡Vete! Estoy rompiendo mi promesa. Nunca crearé otra criatura como tú, tan espantosa y malvada".

"Esclavo, intenté razonar contigo antes, pero has demostrado que no mereces mi gentileza. Recuerda, tengo poder. Puede que pienses que eres miserable ahora, pero puedo hacerte tan desdichado que despreciarás la luz del día. Puede que me hayas creado, pero yo soy tu amo. ¡Obedéceme!"

"El tiempo de mi indecisión ha terminado y ahora tienes poder sobre mí. Tus amenazas no lograrán que haga algo malvado; en cambio, solo fortalecen mi determinación de no crear para ti una compañera para el mal. ¿Debería yo soltar en el mundo a un monstruo que encuentre alegría en la muerte y la miseriaen? ¡Vete! Estoy resuelto y tus palabras solo me enfurecerán más".

La criatura pudo ver la determinación en mi rostro y enfureció, rechinando los dientes impotente. "¿Debería cada hombre encontrar una esposa y cada animal encontrar una compañera, mientras yo quedo solo? Tenía sentimientos de amor, pero fueron respondidos con odio y rechazo. ¡Humano! Puedes odiar, ¡pero ten cuidado! Tus horas se llenarán de miedo y sufrimiento, y pronto un desastre te golpeará, quitándote tu felicidad para siempre. ¿Serás feliz mientras yo sufro profundamente? Puedes destruir mis otras emociones, pero la venganza permanecerá, ahora más importante para mí que cualquier otra cosa. Puedo morir, pero antes de hacerlo, tú, mi opresor y torturador, maldecirás al sol por presenciar tu desgracia. Ten cuidado, porque soy valiente y por lo tanto, fuerte. Te observaré como una serpiente astuta, lista para atacar con su veneno. Humano, te arrepentirás del daño que causas".

"Diablo, ¡detente! No llenes el aire con estas palabras malditas. Te he dejado claro mi decisión y no soy un cobarde que se someterá a meras palabras. Déjame; soy inflexible".

263 "Está bien, lo entiendo. Me iré, pero recuerda, estaré contigo en la noche de tu boda", dijo el ser con determinación.

Avancé rápidamente y grité: "¡Criminal! Antes de sellar mi destino, asegúrate de que tú estés a salvo también".

Habría intentado agarrarlo, pero él se escabulló y salió de la casa apresuradamente. En solo instantes, lo vi en su barco surcando las aguas hasta que desapareció entre las olas.

Todo volvió a estar en silencio, pero sus palabras resonaban en mis oídos. Ardía de ira y pensaba en perseguir y arrojar al océano a aquel que había destruido mi felicidad. Caminaba de un lado a otro de mi habitación, sintiéndome inquieto y perturbado, mientras mi mente conjuraba innumerables imágenes tormentosas. ¿Por qué no lo había seguido y me había enfrentado a él en un duelo a muerte? Sin embargo, lo había dejado ir y él se había dirigido hacia la tierra firme. Me horrorizaba pensar en quién podría ser la próxima víctima de su venganza interminable. Y entonces, sus palabras resonaron de nuevo en mi mente: "Estaré contigo en la noche de tu boda". Ese sería el momento en que se cumpliría mi destino. En esa hora, moriría enfrentando su crueldad y poniendole fin. Este pensamiento no me causaba miedo, pero cuando consideraba a mi amada Elizabeth, sus lágrimas y su interminable tristeza al descubrir que su amante le había sido arrebatado cruelmente, lágrimas, las primeras que había derramado en meses, recorrieron mi rostro y juré no dejarme vencer sin antes luchar contra mi enemigo".

264 A medida que la noche se desvanecía y el sol se levantaba desde el mar, mis emociones se volvieron un poco más calmadas, aunque es difícil llamarlo calma cuando la rabia se convierte en desesperación. Salí de la casa, el terrible lugar donde tuvo lugar la discusión de anoche, y di un paseo por la playa. Vi el mar como una

barrera que me apartaba de los demás, e incluso por un momento, quise que fuera cierto. Deseaba pasar mi vida en esa roca solitaria para evitar más miseria repentina.

Había pasado toda la noche despierto, mis nervios estaban destrozados y mis ojos estaban adoloridos por el agotamiento y el dolor. El sueño que me envolvió me trajo un poco de alivio, y cuando me desperté, sentí, una vez más, que pertenecía a la raza humana. Comencé a reflexionar sobre lo que había sucedido con un poco más de calma. Aún así, las palabras del monstruo resonaban en mis oídos, como el sonido de la muerte, sintiéndose como un sueño pero también como una dura realidad.

265 El sol se estaba poniendo y yo seguía sentado en la orilla, comiendome un simple pastel, desesperadamente hambriento. De repente, un barco de pesca llegó a tierra cerca de mí y uno de los hombres me entregó un paquete. Tenía cartas de Ginebra, y una era de mi amigo Clerval, pidiéndome que me uniera a él. Decía que estaba desperdiciando su tiempo donde estaba y que sus amigos en Londres querían que regresara para continuar su trato comercial en India. Ya no podía esperar más para irse y quería que yo fuera con él. Me pedía que dejara mi solitaria isla y lo encontrara en Perth, para que pudiéramos viajar juntos hacia el sur. Esta carta me dio un poco de esperanza y decidí que dejaría la isla en dos días.

266 Pero antes de irme, había algo que temía hacer: necesitaba empacar mis herramientas químicas. Eso significaba que tenía que entrar en la habitación donde había realizado mi terrible trabajo y tocar esos instrumentos que me hacían sentir enfermo solo con mirarlos. A la mañana siguiente, tan pronto como amaneció, reuní mi valor y desbloqueé la puerta de mi laboratorio. Los fragmentos de la criatura que había estado construyendo estaban esparcidos en el suelo. Era como si hubiera herido a una persona real. Tomé un momento para calmarme y luego entré. Con las manos temblorosas, saqué los instrumentos de la habitación. Pero sabía que no podía dejar evidencias de lo que hice para que los aldeanos no encontraran nada que los hiciera temer. Así que puse los instrumentos en una

cesta con muchas piedras. Planeaba tirarlos al mar esa misma noche. Mientras tanto, me senté en la playa, limpiando y organizando mis herramientas químicas.

267   Nada podría ser más cierto, desde la noche en que apareció el monstruo, que el cambio en mis sentimientos. Antes, veía mi promesa como una obligación, sin importar cuál. Pero ahora, es como si un velo se hubiera levantado de mis ojos y pudiera ver claramente. Ni siquiera pensé en continuar mi trabajo. La advertencia que escuché seguía resonando en mi mente, pero no consideré que pudiera hacer algo para evitarlo. Había decidido que crear otro monstruo como el primero sería un acto horriblemente egoísta y malvado. Aparté cualquier pensamiento que pudiera llevarme a pensar lo contrario.

268   Alrededor de las dos o tres de la madrugada, la luna empezó a elevarse. Recogí mis cosas y me subí a un pequeño bote, navegué hasta unas cuatro millas de la costa. Estaba completamente tranquilo y vacío. Algunos botes regresaban a tierra, pero yo fui en dirección opuesta. Sentía que estaba a punto de hacer algo terrible, así que no quería encontrarme con nadie. De repente, la luna que había estado clara, desapareció detrás de una densa nube. Estaba oscuro, y aproveché la oportunidad para arrojar mi cesta al mar. Escuché el sonido que hacía al hundirse y luego navegué lejos. El cielo se nubló, pero el aire era fresco y del noreste. Eso me hizo sentir mejor y me dio una sensación agradable, así que decidí quedarme más tiempo en el agua. Coloqué el timón en posición recta y me acosté en el fondo del bote. Con la luna escondida y todo oscuro, lo único que podía escuchar era el sonido del bote deslizándose por las olas. Ese sonido me calmó y, sin darme cuenta, me quedé profundamente dormido.

269   No estoy seguro cuánto tiempo dormí, pero cuando desperté, vi que el sol ya estaba alto en el cielo. El viento soplaba fuerte y las olas seguían salpicando contra mi pequeño bote, lo que me preocupaba. Me di cuenta de que el viento soplaba desde el noreste y seguramente me había llevado lejos de la costa donde empecé. Intenté cambiar de dirección, pero el bote se llenaba rápido de agua. Así que

mi única opción era dejarme llevar por el viento. Tengo que admitir que me sentía un poco asustado. No llevaba brújula y no conocía bien esta área, así que el sol no me servía de mucha ayuda. Podría terminar en el inmenso océano Atlántico, sufriendo de hambre y sed, o ser tragado por las enormes olas que me rodeaban. Ya había estado fuera durante muchas horas y empezaba a sentir mucha sed, este era solo el comienzo de mis problemas. Miré al cielo nublado y parecía que las nubes huían del viento, solo para ser reemplazadas por más nubes. Miré al mar y parecía que sería mi tumba acuática. "¡Monstruo!", grité, "¡ya has completado tu malvado plan!" Pensé en Elizabeth, mi padre y en Clerval, todos dejados atrás y a merced de los deseos viciosos y despiadados del monstruo. Esta idea me llenó de desesperación y miedo, temblaba solo de pensarlo, incluso ahora cuando el final está cerca.

Después de varias horas, el viento se calmó y el mar se tranquilizó. Empecé a sentirme mal y débil por el agotamiento, pero en ese momento divisé tierra al sur.

Aunque estaba agotado y había pasado horas de incertidumbre, la súbita posibilidad de que podría sobrevivir me llenó de una felicidad abrumadora y me hizo llorar.

Es sorprendente cómo nuestras emociones pueden cambiar tan rápidamente y cómo, incluso en medio del sufrimiento, nos aferramos fuertemente a nuestro amor por la vida. Con una parte de mi ropa, hice otra vela y me dirigí desesperadamente hacia tierra. Al principio parecía áspera y rocosa, pero a medida que me iba acercando, pude ver señales de que estaba habitada. Había botes cerca de la orilla y sentí alivio al estar de vuelta y cerca de la civilización. Seguí de cerca las curvas de la tierra y divisé el campanario de una iglesia asomándose detrás de una pequeña colina. Dado que estaba extremadamente débil, decidí dirigirme directamente hacia el pueblo, con la esperanza de encontrar alimento allí. Por suerte, tenía algo de dinero conmigo. Mientras rodeaba la colina, fui recibido por un pequeño y ordenado pueblo y un puerto acogedor. Entré al puerto con el corazón lleno de alegría y gratitud por mi inesperada salvación.

271 Mientras estaba ocupado trabajando en el barco y preparando las velas, algunas personas se congregaron a mi alrededor. Parecían sorprendidas de verme, pero en lugar de ofrecer ayuda, susurraban entre ellos y hacían gestos que en cualquier otro momento me habrían preocupado un poco. Pero como estaba centrado en la tarea que tenía entre manos, solo noté que estaban hablando en inglés. Así que les hablé en inglés y pregunté: "Disculpen, ¿pueden decirme el nombre de este pueblo dónde estoy?"

"Lo descubrirás pronto", respondió un hombre con voz ronca. "Tal vez has llegado a un lugar que no te gustará mucho, pero no tendrás voz donde estás, te lo aseguro".

Me sorprendió mucho recibir una respuesta tan grosera de un desconocido, y me sentí incómodo al ver los rostros enojados de sus compañeros. "¿Por qué me hablas tan duramente?", respondí. "Seguramente no es así como los ingleses tratan a los desconocidos".

"No sé", dijo el hombre, "qué costumbre tienen los ingleses, pero es costumbre irlandesa no simpatizar con los canallas".

272 A medida que la extraña conversación continuaba, más y más personas se unían a la multitud. Sus rostros mostraban una mezcla de curiosidad y enfado, que me incomodaba y preocupaba un poco. Pedí indicaciones para llegar al hotel, pero nadie respondió. Así que decidí seguir adelante. La multitud me rodeó y siguió, mientras murmuraban entre ellos. Entonces, un hombre de aspecto sospechoso se acercó a mí y me tocó el hombro. Dijo: "Vamos, señor, tiene que venir conmigo para ver al señor Kirwin y explicarse".

"¿Quién es el señor Kirwin? ¿Por qué tengo que explicarme? ¿No es este un país libre?" pregunté.

"Sí, señor, lo bastante libre para las personas honestas. El señor Kirwin es el magistrado, y necesitará explicar lo que ocurrió con un hombre que fue encontrado muerto aquí anoche".

Esta respuesta me sorprendió, pero rápidamente me compuse. Sabía que era inocente y podría demostrarlo fácilmente. Así que seguí al hombre en silencio y fui llevado a una de las casas más bonitas del pueblo. Estaba agotado y hambriento, pero como estaba rodeado de gente, me aseguré de reunir todas mis fuerzas. No quería que nadie interpretara mi cansancio como miedo o culpabilidad. Poco sabía en ese momento del terrible destino que me esperaba, ni que pronto me envolvería el horror y la desesperación, borrando así cualquier temor a la vergüenza o la muerte.

Necesito hacer una pausa aquí, ya que se necesita mucho coraje para recordar los sucesos terribles que estoy a punto de relatar en detalle.

CHAPTER XXI

273   Fᴜɪ ʟʟᴇᴠᴀᴅᴏ ʀᴀ́ᴘɪᴅᴀᴍᴇɴᴛᴇ ᴀ ᴇɴᴄᴏɴᴛʀᴀʀᴍᴇ con el magistrado, un anciano amable con modales suaves. Me miró con una expresión ligeramente severa. Luego, se dirigió a las personas que me trajeron y preguntó quién iba a dar su testimonio como testigo.

274   Alrededor de seis hombres se adelantaron. Uno de ellos fue elegido por el magistrado para hablar. Dijo que la noche anterior había estado pescando con su hijo y su cuñado, Daniel Nugent. Alrededor de las diez en punto, notaron un fuerte viento que venía del norte, por lo que decidieron regresar al puerto. Debido a que era una noche muy oscura sin luna, no atracaron en el puerto, sino que se dirigieron a una zona más pequeña a unas dos millas de distancia. El hombre iba caminando adelante llevando algunos aparejos de pesca, mientras los demás lo seguían detrás. Mientras caminaba sobre la arena, tropezó accidentalmente con algo y cayó. Sus compañeros corrieron a ayudarlo y, usando su linterna, vieron que había caído sobre un hombre que parecía estar muerto. Al principio, pensaron que podría ser el cuerpo de alguien que se había ahogado y había sido arrastrado a la orilla, pero al examinarlo más de cerca, se dieron cuenta de que la ropa estaba seca y el cuerpo no estaba frío.

Llevaron el cuerpo a una cabaña cercana donde vivía una anciana, con la esperanza de revivirlo, pero sus esfuerzos fueron en vano. El joven parecía ser guapo y tenía alrededor de veinticinco años. Parecía haber sido estrangulado, ya que había marcas de dedos en su cuello.

La primera parte de lo que dijo esta persona no me interesó realmente. Pero cuando mencionaron las marcas de dedos, me recordó el asesinato de mi hermano y comencé a sentirme muy mal. Mis piernas empezaron a temblar y mi visión se volvió borrosa. Tenía un presentimiento y cuando el magistrado me vio, pude notar que estaba pensando algo espantoso.

A continuación, el hijo confirmó lo que su padre dijo. Luego se llamó a declarar a Daniel Nugent. Afirmó que justo antes de que su amigo cayera, vio un bote con una sola persona en él, no lejos de la costa. Y por lo que pudo ver bajo la luz de algunas estrellas, creía que era el mismo bote en el que yo acababa de llegar.

Una mujer que vivía cerca de la playa también dio su testimonio. Dijo que aproximadamente una hora antes de que se enterara del hallazgo del cuerpo, vio un bote con una sola persona en él que salía de la parte de la costa en donde luego encontraron el cuerpo.

Otra mujer confirmó lo que dijeron los pescadores sobre llevar el cuerpo a su casa. No estaba frío cuando lo pusieron en una cama e intentaron revivirlo. Daniel fue a buscar a un médico, pero ya era demasiado tarde. La persona ya había fallecido.

Algunos hombres más fueron interrogados acerca de mi llegada. Coincidieron en que debido al fuerte viento del norte que se había soplado durante la noche, era probable que hubiera estado navegando durante mucho tiempo y terminara de vuelta al mismo lugar. También notaron que el cuerpo parecía haber sido traído desde algún otro lugar, y como al parecer no conocía la zona, era posible que hubiera entrado al puerto sin darse cuenta de lo lejos que quedaba el pueblo de * * * del lugar donde había dejado el cuerpo.

Después de escuchar este testimonio, el señor Kirwin decidió llevarme a la habitación donde estaban preparando el cuerpo para el entierro para ver cómo yo reaccionaba. Tal vez pensó que, tal como había reaccionado cuando describieron el asesinato, la vista del cuerpo tendría un efecto similar en mí. El magistrado y varias personas más me escoltaron hasta el mesón. No pude evitar notar las extrañas coincidencias que habían ocurrido en esta noche llena de sucesos. Pero como sabía que había estado hablando con algunas personas en la isla alrededor de la misma hora en que encontraron el cuerpo, no estaba preocupado por lo que sucedería a continuación.

Entré en la habitación donde estaba colocado el cuerpo y me llevaron hasta el ataúd. Ni siquiera puedo comenzar a describir cómo me sentí cuando lo vi. Aún me da escalofríos y me estremezco al pensar en ese terrible momento. El examen, la presencia del magistrado y los testigos, todo desapareció de mi mente cuando vi el cuerpo inerte de Henry Clerval frente a mí. No podía respirar y caí sobre el cuerpo, diciendo: "¿Acaso mis malvados planes también te han arrebatado la vida, mi querido Henry? Ya he destruido a dos; hay más víctimas esperando: pero tú, Clerval, mi amigo, mi ayudante--"

No podía soportar más la agonía y me sacaron de la habitación mientras tenía fuertes convulsiones.

Después de eso, me dio fiebre. Estuve al borde de la muerte durante dos meses. Más tarde supe que había estado diciendo cosas horribles en mi delirio. Me llamaba a mí mismo el asesino de William, Justine y Clerval. A veces suplicaba a las personas que me cuidaban que me ayudaran a destruir al monstruo que me atormentaba. Otras veces, sentía los dedos del monstruo apretando mi cuello y gritaba de dolor y miedo. Afortunadamente, solo el señor Kirwin me entendía, ya que hablaba en mi lengua materna. Pero mis gestos salvajes y mis gritos asustaban a los demás testigos.

¿Por qué no morí? Nadie se sintió antes tan miserable como yo lo era. ¿Por qué simplemente no olvidé todo y encontré descanso? La muerte se lleva a muchos niños pequeños, la única esperanza de sus amantes padres. ¡Cuántas novias y jóvenes amantes han pasado de estar sanos y llenos de esperanza un día a convertirse en alimento para gusanos y pudrirse en la tumba al siguiente! ¿De qué estoy hecho para poder soportar tanto dolor, un tormento interminable?

Pero estaba destinado a vivir. Después de dos meses, desperté de lo que me pareció un sueño, pero en realidad estaba en una prisión. Estaba acostado en una cama terrible, con guardias, llaves, candados y todas las cosas horribles que se encuentran en una mazmorra. Era de mañana cuando desperté y empecé a entender lo que había ocurrido. No podía recordar todos los detalles, pero sentí como si algo terrible me hubiera sucedido. Cuando miré a mi alrededor y vi las ventanas con barrotes y la habitación sucia en la que me encontraba, los recuerdos regresaron a borbotones y no pude evitar gemir de desesperación.

279 El sonido despertó a una anciana que estaba durmiendo en una silla junto a mí. Era una enfermera contratada para cuidarme. Su rostro mostraba todas las malas cualidades que a menudo se ven en personas de su clase. Su rostro parecía duro y áspero, como alguien acostumbrado a ver pero sin preocuparse por las desgracias. Su voz sonaba familiar, como alguien que me escuchó durante mis momentos difíciles.

"¿Se siente mejor ahora, señor?" me preguntó en inglés.

Débilmente respondí en el mismo idioma, "Creo que sí, pero si todo es verdad, si no lo soñé todo, entonces lamento estar todavía vivo para sentir este infortunio y horror".

"En cuanto a eso", respondió la anciana, "si estás hablando del hombre al que mataste, creo que sería mejor para ti estar muerto. Creo que las cosas van a ser muy duras para ti. Pero eso no me concierne. Estoy aquí para cuidarte y ayudarte a recuperarte. Hago mi trabajo con la conciencia tranquila. Sería bueno si todos hicieran lo mismo".

Me aparté de la mujer con disgusto. ¿Cómo podía decir esas cosas tan despiadadas a alguien que acababa de ser salvado al borde de la muerte? Pero yo estaba demasiado débil para pensar en todo lo que había ocurrido. Toda mi vida me parecía un sueño. A veces dudaba si realmente había sucedido, porque mi mente no lo creía.

280 Al aclararse las imágenes en mi mente, empecé a tener fiebre. Estaba en la oscuridad, sin nadie que me consolara con amor o me

tendiera una mano comprensiva. El médico llegó y recetó medicinas, pero la anciana que las preparaba me miró con desprecio. Nadie se preocupaba por mí.

Estos eran mis primeros pensamientos, pero pronto descubrí que el señor Kirwin se mostraba amable conmigo. Había organizado la mejor celda de la prisión para mí, aunque incluso la mejor era miserable. También había destinado un médico y una enfermera. No me visitaba con frecuencia, ya que no quería presenciar el sufrimiento y escuchar los desvaríos dolorosos de un asesino. Solo venía ocasionalmente para asegurarse de que no estaba siendo descuidado, pero sus visitas eran breves y poco frecuentes.

281   Un día, durante mi lenta recuperación, me encontraba sentado en una silla con los ojos medio abiertos y las mejillas pálidas como las de un muerto. Estaba lleno de tristeza y desesperación, y a menudo pensaba que sería mejor buscar la muerte en lugar de querer permanecer en un mundo que parecía lleno de infelicidad. En un momento, incluso consideré confesar mi culpa y enfrentar el castigo de la ley, aunque no era tan inocente como la pobre Justine, que había sufrido injustamente. Esos eran mis pensamientos cuando la puerta de mi habitación se abrió y entró el señor Kirwin. Su rostro mostraba compasión y preocupación. Acerco una silla junto a la mía y me habló en francés:

"Imagino que este lugar debe ser muy angustiante para ti. ¿Hay algo que pueda hacer para que te sientas más cómodo?"

"Gracias, pero cualquier cosa que pudieras ofrecer no significa nada para mí. No hay consuelo en el mundo para mí".

"Entiendo que la simpatía de un desconocido solo puede proporcionar un pequeño alivio para alguien que carga con una extraña desgracia como la tuya. Pero espero que pronto dejes este triste lugar, ya que creo que hay pruebas que pueden absolverte del crimen del que te acusan".

"Eso es lo que menos me preocupa. A través de una serie de sucesos extraños, me he convertido en la persona más miserable que existe. Con toda la persecución y el tormento que he soportado, ¿se puede considerar realmente la muerte un mal para mí?"

"Nada podría ser más desafortunado y doloroso que los extraños sucesos que han ocurrido recientemente. Fuiste traído a esta costa hospitalaria por un accidente sorprendente, e inmediatamente fuiste capturado y acusado de asesinato. Lo primero que viste fue el cuerpo asesinado de tu amigo, que de una forma extraña y deliberada parece haber sido colocado en tu camino por alguna fuerza malévola".

Mientras el señor Kirwin hablaba, sentí tanto la agitación causada por recordar mis sufrimientos como la sorpresa por su conocimiento sobre mí. Mi expresión debió mostrar cierto asombro porque el señor Kirwin agregó rápidamente,

"Tan pronto como te enfermaste, todos los documentos que tenías contigo me fueron entregados. Los examiné con la esperanza de encontrar alguna pista que me permitiera informar a tu familia sobre tu desgracia y enfermedad. Encontré varias cartas, incluyendo una de tu padre, que reconocí por su comienzo. Inmediatamente escribí a Ginebra, pero han pasado casi dos meses desde que envié la carta. Aún no estás bien; estás temblando. No deberías ser sometido a más agitación."

"La incertidumbre es mil veces peor que el evento más horrible. Por favor, dime qué nueva tragedia ha ocurrido y de quién estoy de luto ahora".

"Tu familia está perfectamente bien", dijo el señor Kirwin gentilmente. "Y un amigo ha venido a visitarte."

No sé cómo sucedió, pero de repente tuve un pensamiento. Un pensamiento terrible. Creía que el asesino había venido a burlarse de mí y atormentarme con la muerte de Clerval, como si eso me hiciera hacer lo que él quería. Abrumado por el miedo, me cubrí los ojos y grité de dolor,

"¡Oh! Llévenselo lejos. No puedo soportar verlo. Por favor, no dejen que se acerque a mí".

El señor Kirwin me miró con preocupación. Interpretó mi arrebato como una admisión de culpa y respondió con severidad,

"Joven, esperaba que la presencia de tu padre te trajera alegría, no una aversión tan fuerte".

"¡Mi padre!" exclamé, mi rostro y cuerpo cambiaron instantáneamente de la agonía al deleite. "¿Mi padre ha llegado de verdad? ¡Qué amable, qué increíblemente amable! Pero, ¿dónde está? ¿Por qué no viene corriendo a verme?"

Mi cambio repentino de actitud sorprendió y complació al magistrado. Tal vez creyó que mi arrebato anterior fue solo un momento fugaz de delirio. Recuperó rápidamente su amabilidad. Se levantó, salió de la habitación con mi enfermera y en poco tiempo, mi padre entró.

En ese momento, la llegada de mi padre me llenó de una inmensa alegría. Le extendí la mano y le pregunté,

"¿Estás a salvo? ¿Y qué hay de Elizabeth y Ernest?"

Mi padre me consoló, pero podía ver que estaba triste de verme en la cárcel. "Este no es un buen lugar para que estés, hijo", dijo tristemente, mirando las ventanas con barrotes y las terribles condiciones de la habitación. "Te embarcaste en un viaje para encontrar la felicidad, pero parece que la mala suerte siempre te sigue. Y el pobre Clerval..."

Escuchar el nombre de mi amigo asesinado fue demasiado para mí en mi estado de vulnerabilidad; empecé a llorar.

"Oh, sí, padre", respondí, "hay un destino terrible que me espera, y tengo que vivir para cumplirlo. De lo contrario, habría muerto cuando murió Henry".

No nos permitieron hablar durante mucho tiempo porque todavía me estaba recuperando y necesitaba descansar. El señor Kirwin entró y me dijo que descansara. Pero ver a mi padre era como tener a mi ángel guardián conmigo, y poco a poco comencé a sentirme mejor.

A medida que me recuperaba, un sentimiento oscuro y triste se apoderaba de mí, y nada podía hacerlo desaparecer. La imagen del espantoso asesinato de Clerval me perseguía todo el tiempo. Mis amigos se preocupaban de que estos pensamientos pudieran enfermarme nuevamente. ¿Por qué me salvaron de una vida tan miserable y odiada? Debe ser porque tengo un destino que cumplir, y casi ha llegado a su fin. La muerte vendrá pronto y pondrá fin a estos sentimientos dolorosos, liberándome de la pesada carga de tristeza. Cuando se haga justicia, finalmente encontraré paz. La muerte parecía estar lejos, pero a menudo la deseaba. Me sentaba en silencio sin decir una palabra durante horas, esperando un gran cambio que me enterrara a mí y a aquel que causó todo este sufrimiento.

286 Se acercaba el momento del juicio en el tribunal. Ya llevaba tres meses en prisión. Aunque aún estaba débil y corría el riesgo de enfermarme nuevamente, tuve que viajar casi cien millas hasta la ciudad donde estaba el tribunal. El Sr. Kirwin se encargó de reunir testigos y preparar mi defensa. Afortunadamente, no tuve que enfrentar la vergüenza de ser considerado un criminal, ya que mi caso no fue llevado ante el tribunal que decide si alguien vive o muere. El gran jurado rechazó los cargos cuando se demostró que me encontraba en las Islas Orkney cuando encontraron el cuerpo de mi amigo. Dos semanas después de ser trasladado, quede libre de la prisión.

Mi padre estaba lleno de alegría al verme liberado de la carga de ser acusado de un delito. Estaba contento de que pudiera respirar el aire fresco nuevamente y regresar a casa. Pero yo no podía compartir su felicidad. Tanto las paredes de un calabozo como las de un palacio me resultaban igual de detestables. La vida se había envenenado para siempre, y aunque el sol brillara sobre mí como lo hacía para la gente feliz, todo a mi alrededor no era más que una densa y aterradora oscuridad. No había luz, excepto por el débil destello de dos ojos que me miraban fijamente. A veces, aquellos ojos eran los ojos amables y amorosos de Henry, ahora muerto, con sus órbitas oscuras casi ocultas bajo los párpados y sus largas pestañas negras. Y a veces, aquellos ojos eran los ojos llorosos y nublados del monstruo, la primera vez que los vi en mi habitación en Ingolstadt.

287 Mi padre intentó hacerme sentir su cariño. Hablaba de cómo pronto iría a Ginebra y vería a Elizabeth y Ernest. Pero al escuchar esas palabras, de mí salían gemidos profundos. A veces, anciaba la

felicidad. Pensaba tristemente en mi amada prima o añoraba con un fuerte sentimiento de nostalgia. La mayoría del tiempo, me sentía adormecido e indiferente, y no importaba si estaba en una prisión o en el entorno natural más hermoso. Estos momentos rara vez se veían interrumpidos, excepto cuando tenía arrebatos repentinos de dolor y desesperación. Estaba tan profundamente triste.

288   Sin embargo, sabía que me quedaba una responsabilidad importante, a pesar de que estaba consumido por mi propia tristeza. Necesitaba regresar a Ginebra lo más pronto posible y proteger a las personas que tanto amaba. También debía encontrar al asesino y asegurarme de que no volviera a lastimarme a mí ni a nadie más. Esta monstruosa criatura, a quien creía capaz de ser aún más monstruosa, debía ser detenida.

Mi padre quería retrasar nuestro viaje porque le preocupaba que mi estado físico no soportara el viaje. Y tenía razón, apenas me sostenía. Era como una sombra frágil, apenas un esqueleto. Había perdido toda mi fuerza. Día y noche, me atormentaba la fiebre, lo que debilitaba aún más mi cuerpo que ya se estaba deteriorando.

289   Pero debido a mi ansiedad y mi deseo de dejar Irlanda, mi padre decidió que lo mejor sería irnos. Subimos a un barco que se dirigía a Havre-de-Grace y navegamos con buen viento. Era de noche, y estaba tumbado en la cubierta, mirando las estrellas y escuchando el sonido de las olas chocar contra el barco. Me sentí aliviado de no tener que ver más a Irlanda, y mi corazón latía de emoción sabiendo que pronto estaría en Ginebra. El pasado me parecía una terrible pesadilla. Pero estar en este barco, con el viento alejándome de Irlanda y rodeado de mar me recordaban que todo era real. Mi amigo Clerval se había convertido en una víctima mía y del monstruo que creé. Repasé toda mi vida: los momentos tranquilos con mi familia en Ginebra, la muerte de mi madre y cuando me fui a Ingolstadt. No pude evitar estremecerme al recordar la intensa emoción que me impulsó a crear a mi horrible enemigo, y pensé en la noche en que cobró vida. No pude continuar con mis pensamientos; innumerables emociones me abrumaron y lloré desconsoladamente.

Después de recuperarme de la enfermedad, empecé a tomar, todas las noches, una medicina llamada laudano. Era la única forma en que podía descansar lo suficiente para seguir vivo. Pero debido a que me atormentaban todas las cosas malas que me habían sucedido, tomé el doble de mi dosis habitual y caí en un sueño profundo. Aún dormido tenía sueños aterradores. Cuando llegó la mañana, sentí que estaba atrapado en una pesadilla. Sentí a alguien agarrándome del cuello y no podía librarme. Oí gemidos y llantos a mi alrededor. Mi padre, que me estaba cuidando, se dio cuenta de que estaba inquieto y me despertó. Vi las olas agitadas y el cielo nublado sobre mí. La terrorífica criatura no estaba allí. Me sentí un poco más seguro, como si hubiera un respiro en el desastre interminable que me esperaba. Me hizo olvidar todas mis preocupaciones por un breve momento, algo que la mente humana es especialmente buena haciendo.

CHAPTER XXII

 NUESTRO VIAJE LLEGÓ A SU FIN. Llegamos a París. Pero me di cuenta de que necesitaba descansar antes de continuar. Mi padre cuidó mucho de mí, tratando de aliviar mi sufrimiento, pero no sabía por qué me sentía así. Él pensaba que salir y socializar me haría sentir mejor. Pero yo no soportaba estar cerca de la gente. Bueno, no exactamente no soportaba, porque eran mis semejantes y, de hecho, me sentía atraído hacia ellos, incluso aquellos que no eran agradables. Los veía como seres angelicales. Pero sentía que no tenía derecho a estar con ellos. Había colocado un enemigo entre ellos, una criatura que disfrutaba lastimarlos y hacerlos sufrir. Si supieran lo que había hecho, todos me odiarían y me alejarían.

Finalmente, mi padre cedió a mi deseo de evitar la sociedad. Intentó convencerme de que ser acusado de asesinato no debería hacerme sentir tan avergonzado. Dijo que el orgullo no valía nada.

 "Oh no, padre mío", dije, sintiéndome triste. "No me entiendes en absoluto. Si alguien como yo sintiera orgullo, degradaría a los seres humanos y sus emociones. Justine, pobre Justine, era inocente al igual que yo, pero también fue acusada. Murió por eso y es culpa mía, yo la maté. William, Justine y Henry, todos ellos murieron por mi culpa".

Durante mi tiempo en la cárcel, a menudo le decía lo mismo a mi padre. A veces, parecía curioso y quería que le explicara, pero otras veces lo descartaba como un producto de mi enfermedad, pensando que durante mi recuperación había imaginado tales cosas. Evitaba dar una explicación y guardaba silencio sobre el monstruo que había creado. Tenía miedo de que la gente pensara que estaba loco, y eso solo me impedía hablar. Pero había otra razón: no podía soportar revelar un secreto que aterrorizaría y horrorizaría a mi padre. Así que reprimí mi desesperada necesidad de comprensión y elegí el silencio, aunque anhelaba compartir la terrible verdad. Sin embargo, a pesar de mis esfuerzos, palabras como las que acabo de pronunciar salían de mí sin control. No podía explicarlas, pero expresarlas ayudaba un poco con el peso de mi misteriosa tristeza.

Un día, mi padre me miró con gran sorpresa y dijo: "Querido Víctor, ¿por qué dices cosas tan increíbles? Por favor, querido hijo, nunca vuelvas a hacer esa afirmación".

"No, no estoy loco", exclamé apasionadamente. "El sol y el cielo han sido testigos de mis acciones y pueden probar la verdad. Soy responsable de las muertes de esas víctimas inocentes; murieron por lo que hice. Habría dado mi propia vida, gota a gota, para salvarlos. Pero, padre, no puede sacrificar a toda la raza humana".

Después de escuchar esto, mi padre creyó que mis pensamientos estaban confusos. Cambió inmediatamente de tema, tratando de desviar mi atención y borrar el recuerdo de lo que sucedió en Irlanda. Nunca volvió a mencionar esos sucesos y no me permitió hablar de las desgracias que enfrenté.

Con el tiempo, me volví más tranquilo. La desgracia vivía en mi corazón, pero ya no hablaba de esa misma manera desorganizada sobre mis propios crímenes. Saber y reconocerlos por mí mismo era suficiente. Tenía que controlar el fuerte deseo de revelarlo todo al mundo. Mi comportamiento era más sereno y pacífico que desde que viajé al mar helado.

Unos días antes de irnos de París a Suiza, recibí una carta de Elizabeth. Decía:

"Estimado amigo,

"Me sentí muy emocionado al recibir una carta, de Paris, de mi tío. Ahora estás más cerca y espero verte en menos de dos semanas. Solo puedo imaginar cuánto debiste haber sufrido. Espero verte incluso peor que cuando dejaste Ginebra. Este invierno también ha sido terrible para mí, pues he sido torturada por la preocupación. Sin embargo, espero ver paz en tu rostro y que encuentres algo de consuelo y tranquilidad en tu corazón.

Sin embargo, temo que los mismos sentimientos que te hicieron tan desgraciado hace un año aún existan, y quizás incluso empeoren con el tiempo. No quiero molestarte durante este momento difícil cuando tantas desgracias te agobian, pero tuve una conversación con mi tío antes de que se fuera y requiere una explicación antes de que nos encontremos.

Puede que te preguntes, ¿por qué Elizabeth necesita explicar algo? Si te haces esa pregunta, entonces todas mis dudas se resuelven y mis temores se alivian. Sin embargo, como estás lejos, es posible que ambos temamos y deseemos esta explicación. Con esa posibilidad en mente, ya no puedo posponer escribir lo que he querido decirte durante tu ausencia, pero que nunca tuve el coraje de empezar."

"Victor, sabes que nuestros padres siempre quisieron que nos casáramos. Nos lo dijeron cuando éramos jóvenes y nos enseñaron a esperar que eso sucediera algún día. Éramos amigos cercanos cuando éramos niños y a medida que crecimos, creo que nos volvimos aún más queridos el uno para el otro. Pero a veces, los hermanos y hermanas pueden tener un fuerte vínculo y no quieren que sea más que eso. ¿Podría ser eso cierto para nosotros también? Por favor, dime, mi querido Victor. Te ruego que respondas honestamente, por el bien de nuestra felicidad juntos, ¿amas a alguien más?"

Has viajado y pasado muchos años en Ingolstadt. Debo admitir, mi amigo, que cuando te vi tan infeliz el otoño pasado, aislándote de todos, empecé a pensar que tal vez ya no querías seguir nuestra relación. Debo confesar, mi amigo, que te amo profundamente, y en mis sueños del futuro, siempre has estado como mi fiel amigo y compañero. Sin embargo, deseo tu felicidad tanto como la mía propia. Por eso, quiero que sepas que nuestro matrimonio me haría infeliz para siempre a menos que sea tu propia elección, hecha libremente. Oh, Víctor, por favor, sabes que siento un amor genuino, y estaría devastada si pensaras lo contrario. Por favor, sé feliz, mi amigo. Y si me concedes este único deseo, ten en cuenta que nada en este mundo podría perturbar mi paz.

Por favor, no dejes que esta carta te perturbe. No tienes que responder mañana o al día siguiente. No quiero causarte tristeza. Mi tío me mantendrá informada. Solo espero verte sonreír cuando regreses. Eso me haría increíblemente feliz.

Elizabeth Lavenza.

Ginebra, 18 de mayo de 17—.

AL LEER ESTA CARTA, recordé algo que había olvidado: la amenaza del demonio: "¡Estaré contigo en tu noche de bodas!" Esa era mi condena. El monstruo prometió hacer todo lo posible para destruirme y arrebatar la felicidad que empezaba a consolar mi dolor. Había planeado cumplir sus malvados actos matándome. Bueno, así sea. Seguramente habría una feroz lucha esa noche. Si él ganaba, finalmente encontraría la paz y su control sobre mí terminaría. Si lo derrotaba, sería un hombre libre. Pero, ¿qué tipo de libertad sería? Sería como la que experimenta un campesino después de presenciar la masacre de su familia, su hogar quemado, su tierra arruinada y quedarse sin hogar, pobre y solo, pero libre. Esa sería mi versión de la libertad, excepto que tengo a Elizabeth, que es un tesoro precioso para mí. Desafortunadamente, está ensombrecida por la carga de remordimiento y culpabilidad que me acosarán hasta la muerte.

¡Querida y amada Elizabeth! Leí tu carta una y otra vez, y trajo sentimientos agradables para mi corazón. Me hizo soñar con el amor y la felicidad, como un paraíso. Pero desafortunadamente, el daño ya está hecho y sé que mi esperanza se está desvaneciendo. Aun así, haría cualquier cosa para hacerte feliz. Si el monstruo cumplía su amenaza, la muerte era segura. Sin embargo, me preguntaba si casarme haría que mi muerte llegara aún más pronto. Tal vez mi torturador sospechaba que la estaba posponiendo debido a sus amenazas, y encontraría otra forma, tal vez incluso peor, de vengarse. Él había prometido estar conmigo en mi noche de bodas, pero no creo que eso signifique que me dejaría solo hasta entonces. De hecho, me mostró que todavía quería más sangre al matar a Clerval justo después de amenazarme. Así que decidí que si casarme con mi prima de inmediato iba a traer felicidad para ella y para nuestro padre, no permitiría que los planes de mi enemigo de acabar con mi vida retrasaran ni por un momento esa felicidad.

299 En el estado mental en el que me encontraba, envié una carta a Elizabeth. Mi carta era tranquila y llena de amor. "Mi querida niña", escribí, "me temo que no queda mucha felicidad para nosotros en este mundo. Pero todo lo que espero disfrutar algún día gira en torno a ti. Por favor, no dejes que tus miedos se apoderen de ti. Dedico mi vida a ti y haré todo lo posible para hacernos felices. Hay un secreto, Elizabeth, uno espantoso. Es tan terrible que cuando te lo cuente, te llenará de horror. No te sorprenderá mi infelicidad, sino que te preguntarás cómo logré sobrevivir a lo que he pasado. Prometo contarte esta historia de desgracia y terror el día después de nuestra boda. Querida prima, debemos tener completa confianza el uno en el otro. Pero hasta entonces, te ruego que no lo menciones ni lo saques a colación. Te pido desesperadamente esto y creo que estarás de acuerdo".

Una semana después de recibir la carta de Elizabeth, regresamos a Ginebra. La dulce niña me recibió con cálido afecto, pero había lágrimas en sus ojos cuando vio lo delgado y endeble que lucía. También noté un cambio en ella. Había perdido peso y no tenía el mismo espíritu animado que me había encantado antes. Pero su amabilidad y mirada compasiva la convirtieron en una compañera aún mejor para alguien como yo, que estaba destrozado e infeliz.

La paz que sentía no duró mucho. Recordar lo que había sucedido me volvía loco. A veces me enfurecía y me llenaba de rabia. A veces me sentía triste y desesperanzado. No hablaba con nadie ni siquiera los miraba. Simplemente me quedaba quieto, abrumado por toda la desdicha que me rodeaba.

Solo Elizabeth tenía el poder de sacarme de esos episodios. Su voz suave me calmaba cuando estaba lleno de emociones fuertes y me recordaba que debía levantar el ánimo cuando me sintiera deprimido. Lloraba conmigo y por mí. Cuando recuperaba mi cordura, ella me hablaba e intentaba que yo asumiera la situación. Es bueno para los desafortunados aceptar su destino, pero para los culpables no hay paz. El dolor del arrepentimiento arruina cualquier consuelo que provenga de entregarse a un duelo excesivo.

No mucho después de mi llegada, mi padre mencionó mi próxima boda con Elizabeth. No dije nada.

"¿Tienes sentimientos por alguien más?" preguntó.

"No hay nadie en este mundo. Amo a Elizabeth y estoy feliz por estar juntos. Fijemos una fecha para nuestra boda y, desde ese día, me dedicaré por completo a su felicidad, incluso si eso significa sacrificar mi propia vida."

"Querido Víctor, por favor, no hables así. Hemos tenido cosas realmente terribles, pero mantengamos lo que queda y ofrezcamos el amor por aquellos que hemos perdido a los que todavía están aquí. Nuestro grupo será pequeño, pero estaremos unidos gracias a nuestro cariño y nuestra desgracia compartida. Y cuando el tiempo mitigue tu tristeza, vendrán nuevas y queridas cosas por las cuales preocuparnos para reemplazar a aquellas que hemos perdido tan cruelmente".

Eso fue lo que me dijo mi padre. Pero no podía olvidar la amenaza: tenía mucho sentido pensar que el monstruo, poderoso en sus acciones violentas, sería imposible de derrotar. Cuando dijo: "Estaré contigo en tu noche de bodas", vi ese destino como algo inevitable. Pero la muerte no me daba miedo si eso significaba que no perdería a Elizabeth. Así que, estuve de acuerdo con mi padre, aparentando estar contento e incluso feliz, si mi prima aceptaba, tendríamos la ceremonia en diez días. Pensé que esto sellaría mi destino.

¡Dios mío! ¡Si tan solo hubiera sabido los planes malvados tenía en mente el monstruoso enemigo! Hubiera preferido abandonar mi tierra natal y vagar solo por el mundo, sin amigos, que aceptar este desafortunado matrimonio. Pero de alguna manera el monstruo me engañó y no pude ver sus verdaderas intenciones. Pensé que solo me estaba preparando para mi propia muerte, pero en realidad, provocaría la muerte de alguien mucho más querido para mí.

A medida que se acercaba el día de nuestra boda, empecé a sentir cómo mi corazón se comprimía. Trataba de no dejar que mi tristeza fuera evidente, pero Elizabeth, con sus ojos siempre vigilantes, podía ver a través de mi actuación. Ella esperaba nuestro matrimonio con una serena felicidad, aunque había un poco de miedo mezclado. Las dificultades que habíamos enfrentado en el pasado le habían dejado con la creencia de que lo que parecía una felicidad cierta y tangible en ese momento podría desvanecerse como un sueño en un día, dejando solo un profundo y duradero pesar.

Se hicieron los preparativos para el gran evento. Vinieron personas a felicitarnos y todos parecían felices. Mi padre había logrado recuperar parte de la herencia de Elizabeth del gobierno austriaco. Ella poseía un pequeño pedazo de tierra junto al lago Como. Acordamos que después de casarnos iríamos a la Villa Lavenza y pasaríamos, cerca del hermoso lago, nuestros primeros días felices.

Mientras tanto, tomé precauciones para protegerme en caso de que el demonio decidiera atacarme abiertamente. Llevaba armas de fuego y un cuchillo conmigo en todo momento y permanecía alerta para evitar cualquier trampa. Esto me hacía sentir más tranquilo y en paz. Con el tiempo, me sentí cómodo y ya no estaba tan preocupado por lo que pudiera ocurrir. Todos hablaban de nuestra boda como un evento que nada podría detener.

Elizabeth parecía feliz y mi comportamiento tranquilo la ayudaba a sosegarce. Sin embargo, el día destinado a cumplir mis deseos y cambiar mi destino, ella parecía triste y tenía la sensación de que algo malo iba a suceder. Tal vez también estaba pensando en el terrible secreto que yo había prometido contarle al día siguiente. Mientras tanto, mi padre estaba emocionado y, en la emoción de los preparativos, solo veía la tristeza de Elizabeth como los nervios de una novia.

Después de la ceremonia de la boda, un gran grupo de personas se congregó en la casa de mi padre. Habíamos decidido que Elizabeth y yo comenzaríamos nuestro viaje en barco, pasaríamos la noche en Evian y continuaríamos viaje al día siguiente. El clima era bueno, el viento era favorable y todo parecía perfecto para nuestro viaje de bodas en barco.

Esos fueron los últimos momentos de mi vida en los que me sentí verdaderamente feliz. Navegamos rápidamente por el lago, protegidos del sol caliente bajo una cubierta. Observamos impresionantes orillas y montañas.

Sostenía la mano de Elizabeth y le dije: "Pareces triste, mi amor. Si tan solo supieras el dolor que he soportado y que aún puedo enfrentar. Por favor, déjame disfrutar este día de paz y esperanza."

"No te preocupes, Víctor", respondió Elizabeth. "No hay nada de qué preocuparse. Aunque no parezca extasiada, mi corazón está contento. Algo me dice que no debo pensar demasiado en nuestro futuro, pero no escucharé esos pensamientos negativos. Mira lo rápido que nos movemos y cómo las nubes sobre Mont Blanc añaden belleza a esta escena. Y mira todos los peces nadando en el agua clara, cada piedra visible en el fondo. ¡Qué día perfecto! La naturaleza está tan feliz y en paz."

Elizabeth intentaba distraerse a sí misma, y a mí, de cualquier pensamiento melancólico. Pero su estado de ánimo seguía cambiando. La felicidad iluminaría brevemente sus ojos, solo para ser reemplazada por distracción y ensueño.

306   El sol se movió más hacia abajo en el cielo. Cruzamos el río Drance y vimos cómo fluía entre los espacios estrechos de las altas colinas. Los Alpes se acercaban más al lago aquí, y nosotros nos acercamos a las montañas. Podíamos ver la cima de Evian asomándose desde los bosques que la rodeaban.

El fuerte viento que nos estaba empujando repentinamente se calmó al atardecer, dejando solo una brisa suave. El aire suave provocó un movimiento agradable entre los árboles mientras nos acercábamos a la orilla. Desde allí, podíamos percibir los maravillosos aromas de las flores y el heno recién cortado. El sol desapareció por debajo del horizonte justo cuando llegamos a tierra. Y al pisar la orilla, sentí cómo las preocupaciones y los miedos que pronto me consumirían cobraban vida nuevamente, sin intención de liberarme.

CHAPTER XXIII

 Eran las ocho cuando llegamos. Dimos un breve paseo por la orilla. Después, regresamos a la posada y disfrutamos de más vistas agradables.

El viento del sur, que se había calmado, de repente volvió a soplar con fuerza desde el oeste. La luna había alcanzado su punto más alto en el cielo y empezaba a descender. Había muchos pájaros en el aire. Parecían buitres. De repente, comenzó una fuerte tormenta de lluvia.

Durante el día había estado tranquilo, pero en cuanto llegó la noche y los objetos se volvieron menos visibles, mil miedos llenaron mi mente. Estaba ansioso y alerta, con una pistola escondida en el bolsillo. Cada sonido me asustaba, pero tomé la decisión de luchar ferozmente, sin retroceder hasta que mi oponente o yo fuéramos derrotados.

Elizabeth observaba mi inquietud en silencio, sintiéndose asustada e incómoda. Podía notar por mi expresión que algo estaba mal y me preguntó nerviosamente: "¿Qué te preocupa, mi querido Victor? ¿De qué tienes miedo?"

"Oh, por favor, mi amor", respondí, "todo estará bien esta noche. Pero esta noche es terrible, muy terrible."

308   Pasé una hora en ese estado de preocupación, luego me di cuenta de lo aterrador que sería para mi esposa ver la pelea que esperaba. Le rogué que se fuera y prometí unirme a ella más tarde, una vez que supiera dónde se encontraba mi enemigo.

Ella se fue y caminé por la casa por un tiempo, buscando en cada rincón donde mi adversario podría estar escondido. Pero no encontré rastro de él y empecé a pensar que tal vez algo afortunado había impedido que llevara a cabo sus amenazas. De repente, escuché un grito fuerte y aterrador. Venía de la habitación a la que había entrado Elizabeth. Cuando lo escuché, comprendí al instante lo que había sucedido. Mis brazos se volvieron flácidos, no podía mover ni un músculo. Sentía que la sangre se congelaba en mis venas y mis extremidades comenzaron a temblar. Este estado solo duró un momento; luego escuché el grito nuevamente y entré corriendo en la habitación.

309   ¡Oh no! ¡Por qué no morí entonces! ¿Por qué sigo aquí para contar el trágico relato de la destrucción del ser más esperanzador y puro en la Tierra? Yacía sin vida e inmóvil en la cama, su cabeza inclinada, su rostro pálido y retorcido parcialmente oculto por su cabello. La visión fue un shock y ni siquiera sabía si podía seguir viviendo. Por un breve momento, perdí el conocimiento y caí al suelo.

Cuando recobré la conciencia, me encontré rodeado de las personas de la posada. Sus rostros mostraban un terror abrumador, pero su horror parecía insignificante en comparación con el peso del dolor que me embargaba. Logré escapar de ellos y me retiré a la habitación donde yacía el cuerpo sin vida de Elizabeth. Ella era mi amor, mi esposa, quien tan recientemente estaba viva y era tan querida para mí. Había sido reposicionada desde la última vez que la vi. Su cabeza ahora descansaba sobre su brazo, con un pañuelo colocado delicadamente sobre su cara y su cuello. A primera vista, alguien podría haber pensado que estaba dormida. Me apresuré hacia ella y la abracé fuertemente, pero la falta de vida era evidente. Había una terrible marca en su cuello causada por el agarre de alguien.

310 Mientras me inclinaba sobre ella, sintiéndome completamente abrumado por la desesperanza, levanté la mirada. La habitación había estado oscura antes, así que me sorprendí al ver la pálida luz de la luna inundando la estancia. Habían abierto las persianas y, para mi horror, vi una figura de pie junto la ventana abierta. Una sonrisa malévola se extendía por el rostro del monstruo mientras señalaba hacia el cuerpo sin vida de mi esposa. Me lancé hacia la ventana para atraparlo, pero desapareció en el lago con una velocidad inverosímil.

El sonido del disparo atrajo a una multitud a la habitación. Señalé por dónde el monstruo había desaparecido y salimos en grupo a buscarlo. Lanzamos redes al agua, pero nuestros esfuerzos fueron en vano. Después de pasar muchas horas de búsqueda, regresamos a la orilla llenos de desesperanza. La mayoría de mis compañeros creía que lo que había visto era producto de mi imaginación. Una vez que desembarcamos, se dividieron en grupos y exploraron varios caminos por los bosques y viñas de los alrededores. .

311 Mientras trataba de acompañarlos, caminando un corto trecho desde la casa, me sentí mareado y tropezaba como una persona ebria. Finalmente, colapsé por el agotamiento. Mi visión se volvió borrosa y mi piel estaba reseca por la fiebre. Me llevaron de vuelta a la casa y me acostaron en una cama. Apenas sabía qué había sucedido. Miré alrededor de la habitación, buscando algo que había perdido.

Después de un tiempo, me levanté y, como por instinto, me arrastré hacia la habitación donde yacía el cuerpo de mi amada. Había mujeres llorando por todas partes. Me incliné sobre el cuerpo, uniéndome a ellas en el llanto. Durante ese tiempo, mi mente no podía formar pensamientos claros. Mi pensamiento deambulaba, mezclando mis desgracias y sus causas. Estaba perdido en la confusión y aterrorizado. La muerte de William, el castigo de Justine, el asesinato de Clerval y finalmente, la muerte de mi esposa; incluso en ese momento, no sabía si mis restantes parientes, estaban a salvo de los malvados planes del monstruo. Mi padre podría estar sufriendo bajo su control en este mismo momento, y Ernest podría estar muerto. El pensamiento me hizo temblar, y reaccioné al insnte. Me levanté de un salto y decidí regresar rápidamente a Ginebra.

312   No había caballos disponibles, así que tuve que regresar por el lago. El viento soplaba en mi contra y llovía intensamente. Sin embargo, aún era temprano y pensé que podría llegar antes de la noche. Contraté a unos remeros y tomé unos remos yo. Siempre encontraba alivio para mi mente atormentada a través de la actividad física. Pero esta vez, me sentía abrumado por la tristeza y no podía encontrar la fuerza para remar. Dejé caer el remo, apoyé la cabeza en mis manos, y permití que todos los pensamientos sombríos me invadieran. Cuando levanté la vista, vi escenas familiares de tiempos más felices, las que había visto justo el día anterior con la persona que ahora solo es un recuerdo. Las lágrimas rodaron por mi rostro. No podía creer el rápido cambio en mi vida. Hace poco era feliz y ahora me sentía desesperanzado. Un demonio había arrebatado toda perspectiva de felicidad. Nunca había estado tan triste, y un suceso tan horrible es único en la historia humana.

313   ¿Pero por qué debería seguir hablando de lo que sucedió después de aquel terrible acontecimiento? Mi historia ha estado llena de cosas horripilantes. Ha alcanzado su punto más bajo y lo que tengo que contarte ahora podría resultar aburrido. Solo debes saber que, uno a uno, mis parientes me fueron arrebatados, dejándome solo. Estoy completamente agotado y ahora debo resumir el resto de mi terrible historia en solo unas pocas palabras.

Finalmente llegué a Ginebra. Mi padre y Ernest aún estaban vivos, pero mi padre no pudo soportar la noticia que traje. Sus ojos habían perdido su brillo y alegría, y simplemente vagaban sin rumbo. Elizabeth, a quien amaba como una hija, le había traído tanta felicidad. La apreciaba profundamente, especialmente en esta etapa de su vida en la que no le quedaban muchas personas queridas. Maldigo al monstruo que trajo tanta miseria a la vejez de mi padre. De repente, su voluntad de vivir desapareció. Ni siquiera podía levantarse de la cama y, en tan solo unos pocos días, falleció en mis brazos.

314 ¿Qué me ocurrió después de eso? No lo sé. Perdí toda sensación y estuve rodeado de cadenas y oscuridad. Me sentía muy triste, pero con el tiempo, empecé a comprender las terribles circunstancias y infortunio en el que estaba. Finalmente, me dejaron salir de la prisión porque creían que estaba loco. Resultó que durante muchos meses había estado encerrado en una pequeña y solitaria celda.

Pero la libertad no significaba mucho para mí a menos que también despertara para buscar venganza a medida que recobraba mi cordura. Poco a poco recordé las terribles cosas que me habían sucedido, y empecé a pensar en por qué sucedieron. Todo fue por culpa del monstruo que yo había creado, la criatura maldita que había soltado en el mundo para destruirme. Cada vez que pensaba en él, me llenaba de una ira incontrolable. Quería y necesitaba venganza.

Mi odio no se limitó solo a desear venganza. Empecé a pensar en cómo podría capturarlo. Aproximadamente un mes después de ser liberado, fui a un juez en la ciudad y le dije que tenía una acusación que hacer. Le dije que conocía al asesino que destruyó a mi familia y le pedí que usara su poder para arrestar a este monstruo.

315 El juez me escuchó atento y amable. "Descuide, señor", dijo, "no escatimaré esfuerzos para descubrir al culpable".

"Gracias", le respondí. "Entonces, por favor, escuche mi declaración. Es un relato tan extraño que temo que no pueda creerlo, pero hay algo de verdad en él que, por más extraordinario que sea, exige creerlo. La historia es demasiado coherente para confundirse con un sueño y no tengo motivo para mentir". Hablé de manera tranquila. En mi corazón, había jurado perseguir a mi destructor hasta el final; ese propósito calmaba mi dolor y, por un tiempo, me hacía aceptar la vida. De manera breve, pero con precisión y confianza, narré mi historia, anotando las fechas con exactitud y evitando estallidos de ira o exclamaciones.

Al principio, el juez parecía escéptico, pero a medida que seguía hablando, se volvió más atento e interesado. A veces, noté cómo se estremecía de horror.

Cuando terminé mi relato, dije: "Esta es la persona a la que acuso y le insto a que utilice todo su poder para capturarla y castigarla. Es su deber como juez, y confío y espero que su compasión como ser humano no le impida cumplir con sus responsabilidades en este asunto".

316 Mientras hablaba, vi un cambio en el rostro de la persona que me escuchaba. Había oído mi historia, pero solo creía en ella parcialmente, creía que era solo un cuento sobre fantasmas y sucesos extraños. Pero ahora, cuando tenía que tomar medidas oficiales, sus dudas regresaron. Sin embargo, respondió amablemente: "Quiero ayudarte en tu búsqueda, pero la criatura que describes parece tener poderes que harían imposible que yo la atrape. ¿Cómo se puede perseguir a alguien que puede cruzar mares helados y esconderse en lugares peligrosos y prohibidos? Además, han pasado muchos meses desde que cometió sus crímenes, así que quién sabe dónde puede estar ahora".

"Creo que está cerca de donde vivo y si se está escondiendo en los Alpes, podemos cazarlo como si fuera un animal salvaje. Podemos destruirlo como a un depredador peligroso. Pero puedo notar lo que está pensando: no cree en lo que estoy diciendo y no planea castigar a mi enemigo como se merece".

317 Mientras hablaba, la ira se reflejaba en mis ojos y el magistrado se intimidaba. Él dijo: "Estás equivocado. Haré todo lo posible para capturar al monstruo y enfrentará el castigo por sus crímenes. Sin embargo, basado en lo que has descrito acerca de la criatura, puede que no sea posible atraparlo. Mientras tomamos las medidas necesarias, prepárate para la posibilidad de la decepción".

"Eso no es aceptable. Pero entiendo que mi deseo de venganza no importa para usted. Aun así, admito que es la exaltación abrumadora de mi vida. Estoy lleno de una ira inimaginable de saber que el asesino que cree todavía sigue ahí fuera. Dado que no puede ayudarme, solo me queda una opción. Me dedicaré a destruirlo, ya sea en la vida o en la muerte".

Mientras pronunciaba estas palabras, temblaba. Para un magistrado de Ginebra, que estaba centrado en otros asuntos, mi mente padecía de locura. Él intentó calmarme como una enfermera calmaría a un niño, creyendo que mis palabras eran delirios.

"Hombre", exclamé, "¡su orgullo lo ciega ante su ignorancia! ¡Detengase! No comprende lo que está diciendo".

318

Salí de allí sintiéndome enojado y molesto. Me dirigí a algún lugar tranquilo para pensar en qué más podría hacer.

CHAPTER XXIV

319   ESTABA TAN envuelto en mi situación actual que no podía pensar con claridad. La ira me consumía, pero también me daba fuerza para mantenerme enfocado. En lugar de perder el control, me volví calculador y centrado. Sabía que tenía que dejar Ginebra atrás para siempre. Aunque era querida por mí cuando la vida era buena, ahora es insoportable. Reuní algo de dinero y joyas que eran de mi madre y emprendí un viaje.

Y así, comenzaron mis viajes, que no terminarán hasta que muera. He estado en muchos lugares de esta tierra y he soportado las innumerables dificultades que los viajeros enfrentan en desiertos y tierras incivilizadas. Ni siquiera sé cómo logré sobrevivir. Muchas veces, pedí la muerte mientras yacía exhausto en la arena. Pero la venganza me mantenía en marcha. No podía morir y permitir que mi enemigo siguiera viviendo.

320   Cuando dejé Ginebra, mi primera tarea fue encontrar una pista que me ayudara a encontrar a mi malvado enemigo. Sin embargo, no tenía un plan claro, así que deambulé por los alrededores del pueblo durante muchas horas, inseguro de qué camino tomar. Al oscurecer, estaba en la entrada del cementerio donde descansaban William,

Elizabeth y mi padre. Sentí como si los espíritus de los difuntos estuvieran flotando alrededor, arrojando una sombra sobre mí. Lo podía sentir, aunque no podía verlo.

321 Me embargó una profunda tristeza al ver esta escena desgarradora, pero pronto esa tristeza se transformó en ira y desesperanza. Ellos se fueron y yo quedé con vida. La persona que los mató también seguía viva, y para liberarme de mi sufrimiento, tenía que seguir viviendo. Me arrodillé sobre la hierba y besé el suelo. Con labios temblorosos, dije: "Juro por esta sagrada tierra sobre la que estoy arrodillado, por los espíritus que me rodean y por la profunda y eterna tristeza que siento, que perseguiré al monstruo que causó este dolor hasta que él o yo seamos derrotados. Me mantendré con vida con este propósito. Veré el sol de nuevo y caminaré sobre la verde hierba de la tierra. Les ruego, espíritus de los muertos, que ese ser maldito y perverso sufra enormemente. Que sienta el desespero que estoy sintiendo en este momento".

Comencé mi súplica de manera seria y solemne, sintiendo como si los espíritus de mis familiares asesinados estuvieran escuchando y aprobando. Pero al terminar, la ira se apoderó de mí y ya no pude hablar más.

322 En la quietud de la noche, una risa malvada y estridente perforó el silencio. Resonó a través de las montañas. La risa se desvaneció y luego una voz que reconocí, una que despreciaba, susurró en mi oído: "Estoy complacido. ¡Criatura miserable! Has elegido vivir, y eso me complace".

Me lancé hacia la fuente del sonido, pero el diablo se escapó de mis manos. Luego, la luna llena se alzó e iluminó su figura horrorosa y retorcida mientras huía a una velocidad increíble.

Lo perseguí durante muchos meses. Por una extraña coincidencia, lo vi deslizarse, por la noche, a bordo de un barco que se dirigía al Mar Negro. Logré subir al mismo barco, pero de alguna manera, él escapó y no sé cómo.

323 Entre las tierras remotas de Tartaria y Rusia, a pesar de que logró evadirme, siempre he seguido su rastro. A veces, los asustados

campesinos me cuentan que lo han visto. En ocasiones, él mismo deja alguna pista atrás, teme que si pierdo todo rastro de él, perdería también la esperanza y moriría. El frío, el hambre y el agotamiento eran los dolores más leves que estaba destinado a soportar. Estaba maldito por cusa de un demonio. Cuando desesperaba más, este espíritu me rescataba de obstáculos aparentemente insuperables. A veces, cuando estaba debilitado por el hambre y la naturaleza me abandonba, una comida aparecería milagrosamente. A lo largo de mis viajes, encontré pequeños regalos de alivio aquí y allá. Era como si el destino estuviera ayudando mi persecución.

324   Seguí los caminos de los ríos cuando podía, pero la criatura que perseguía generalmente se mantenía alejada de estas áreas porque son zonas pobladas de personas. En otras, rara vez se veía a ningún humano, así que confiaba en obtener comida de los animales salvajes. Tenía algo de dinero, que usaba para hacer amistad con los aldeanos al dárselo. A veces, llevaba comida que había cazado y compartía una porción con aquellos que me habían dado fuego y utensilios de cocina.

325   Mi vida era miserable, excepto cuando estaba dormido. El sueño me traía alegría y felicidad. Era como si los espíritus que me protegían me brindaran estos momentos de tranquilidad para que pudiera mantenerme fuerte en mi camino. Sin estos momentos de descanso, me habría rendido. Durante el día, me aferraba a la esperanza de la noche. En mis sueños, veía a mi familia, amigos, a mi esposa y a mi amado país. Veía el rostro amable de mi padre, escuchaba la encantadora voz de mi esposa y veía a Clerval sano y joven. A veces, cuando estaba cansado de caminar, me convencía a mí mismo de que estaba soñando y que despertaría junto a mi seres queridos. Los amaba tanto y me aferraba a los recuerdos de ellos, incluso cuando estaba despierto. En esos momentos, mi deseo de venganza contra la criatura desaparecía y continuaba en mi viaje, no porque quisiera, sino porque sentía que estaba siendo guiado por alguna fuerza invisible.

326   No sé lo que sentía la persona que yo perseguía. Sin embargo, a

veces, dejaba mensajes en árboles o piedras que me guiaban y me enfurecían. En uno de estos mensajes decía: "Todavía tengo el control. Tú estás vivo y yo tengo todo el poder. Sígueme. Voy hacia el frío norte, donde sentirás el gélido frío que a mí no me importa. Si me sigues rápidamente, encontrarás una liebre muerta cerca de este lugar. Cómela y recupérate. ¡Sigue viniendo, mi enemigo! Aún debemos luchar por nuestras vidas, pero sufrirás muchas horas difíciles y miserables hasta que llegue ese momento."

¡Terrible demonio! Buscaré venganza una vez más. Haré que tú, monstruo miserable, sufras y mueras. No dejaré de buscarte hasta que uno de nosotros haya desaparecido. Entonces, finalmente podré reunirme con mi Elizabeth y mis familiares que han fallecido. Ellos me esperan y me recompensarán por todo el arduo trabajo y este viaje espantoso.

Mientras continuaba viajando hacia el norte, la nieve se hacía más espesa y el frío se volvía extremo. Era, prácticamente, demasiado para soportarlo. Los aldeanos se quedaban dentro de sus pequeñas casas y solo algunos valientes salían, hambrientos, a cazar animales. Los ríos estaban congelados, por lo que no podía capturar ningún pez, que era mi principal fuente de alimento.

Mis tareas se volvían cada vez más difíciles, y con eso mi enemigo, disfrutaba más su triunfo. Uno de los mensajes que dejó decía: "¡Prepárate! Tus penurias apenas comienzan. Abrígate con pieles calientes y recoge comida, porque pronto emprenderemos un viaje donde tu sufrimiento satisfará mi odio".

Estas palabras burlonas solo avivaron mi coraje y determinación. Tomé la decisión firme de no renunciar a mi misión. Seguí adelante a pesar de las difíciles y desconocidas condiciones. No lloré, sino que me arrodillé y, con el corazón lleno de gratitud, agradecí al espíritu por conducirme de manera segura hasta este lugar. A pesar de las burlas de mi adversario, aquí esperaba finalmente poder enfrentarlo y luchar contra él.

Hace unas semanas, obtuve un trineo y algunos perros, lo que me permitió viajar rápidamente a través del terreno nevado. No sé si la criatura tenía las mismas ventajas, pero noté que me estaba acercando a él. Cuando vi el océano, él estaba a solo un día de viaje por delante de mí. Esperaba alcanzarlo antes de que llegara a la playa.

Sintiendo un nuevo coraje, continué adelante. En solo dos días, llegué a un pequeño y pobre pueblo junto al mar. Pregunté a los lugareños acerca de la criatura y me dieron información detallada. Describieron una figura monstruosa que había llegado la noche anterior. Estaba armado con un rifle y varias pistolas. También se había llevado su suministro de alimentos para el invierno sobre un trineo. El trineo y un grupo grande de perros entrenados los había tomado a la fuerza.

Bajo la mirada horrorizada de los aldeanos, enganchó a los perros al trineo y continuó su viaje a través del mar en una dirección que no conducía a ninguna tierra. Los aldeanos creían que pronto moriría ya sea por la fractura del hielo o por el frío extremo.

329   Al escuchar esta información, me sentí momentáneamente abrumado por la desesperanza. El demonio había logrado escapar de mí y ahora tenía que embarcarme en un viaje inseguro y aparentemente interminable a través del océano congelado. Como alguien que viene de un lugar cálido, sabía que mis posibilidades de supervivencia eran escasas. Sin embargo, estaba seguro de que debía continuar trabajando por mis metas y buscando venganza. Me preparé para el viaje que me esperaba.

Cambié mi trineo terrestre por uno diseñado específicamente para navegar por las superficies irregulares del Ocáno Congelado. También me abastecí de abundantes alimentos antes de partir desde tierra.

No puedo decir con certeza cuántos días han pasado desde entonces. Una y otra vez, las temperaturas heladas regresaron, estableciendo caminos seguros a través del mar helado.

330   Según la cantidad de comida que había consumido, creo que había estado en este viaje durante aproximadamente tres semanas. La constante dilatación de mi esperanza solo me hacía sentir cada vez más desesperado y triste. La decepción me dominaba casi por

completo, y estaba al borde de rendirme por esta desgracia. Una vez, cuando los animales agotados que me llevaban, finalmente alcanzaron la cima de una montaña de hielo inclinada, uno de ellos muy agotado murió. Cuando miré la vasta llanura de hielo frente a mí, sentí una profunda tristeza. Pero luego, algo captó mi atención: era una mancha en la oscura llanura. Enfoqué mi vista para ver qué podía ser, y no podía creerlo cuando vi que era un trineo con la figura distorsionada de alguien a quien conocía. ¡Oh! ¡El sentimiento de esperanza inundó mi corazón con calidez! Las lágrimas llenaron mis ojos, pero las limpié rápidamente para poder ver claramente a la criatura. Sin embargo, mi vista todavía estaba borrosa por las lágrimas, y finalmente no pude contenerme más y lloré en voz alta.

331 Pero este no era el momento adecuado para detenerse. Les di suficiente comida a los perros, retiré el que había muerto, y después de descansar durante una hora, algo que era necesario pero molesto para mí, continué mi viaje. Todavía podía ver el trineo y no lo perdí de vista de nuevo, excepto cuando quedaba temporalmente oculto por formaciones de hielo. De hecho, me estaba acercando a él y después de casi dos días de viaje, vi a mi enemigo a solo una milla de distancia. ¡Mi corazón saltó de emoción!

Pero justo cuando estaba tan cerca de atraparlo, mis esperanzas fueron aplastadas repentinamente; lo perdí por completo, ahora más que antes. Sentí el suelo temblar debajo de mí, mientras el rugido del mar avanzaba cada vez más aterrador. Intenté seguir adelante, pero era inútil. El viento se levantaba, el mar se enfurecía y con una explosión masiva y estremecedora, se partió. El proceso fue rápido. En cuestión de minutos, un mar salvaje se interponía entre mi enemigo y yo, y me quedé varado en un pedazo de hielo que se achicaba. Temí por mi muerte.

332 De esta manera, soporté muchas horas aterradoras. Algunos de mis perros murieron. Estaba al borde del colapso por una angustia abrumadora. Pero luego, divisé tu barco. A pesar de lo cansado que estaba, empujé mi balsa sobre el hielo hacia tu barco. Incluso si navegabas hacia el sur, había decidido confiar en la misericordia de los

mares en lugar de renunciar a mi misión. Mi plan era convencerte de que me dieras un barco para poder seguir persiguiendo a mi enemigo. Sin embargo, te dirigías hacia el norte. Cuando estaba en mi punto más débil, me recogiste a bordo, salvándome. Pero ahora, mi misión queda sin terminar.

333 ¡Oh! ¿Cuándo tendrá mi espíritu guía piedad y me permitirá descansar? ¿O debo morir mientras él sigue viviendo? Si es así, prométeme, Walton, que él no escapará. Prométeme que lo encontrarás y buscarás venganza acabando con su vida. Pero ¿debería realmente pedirte que emprendas mi viaje y soportes las adversidades que he enfrentado? No, no soy tan egoísta. Sin embargo, cuando ya no esté vivo, si él llegara hasta ti, si los guías de la venganza lo llevaran hasta ti, jura que no sobrevivirá, jura que no triunfará sobre mis penas interminables y continuará con sus crímenes oscuros. Él es hábil para hablar y convencer, y sus palabras una vez tuvieron efecto en mi corazón. Pero no confíes en él. Su alma es tan malvada como su apariencia, llena de engaño y malas intenciones. No le escuches. En cambio, invoca a los espíritus de William, Justine, Clerval, Elizabeth, mi padre y el desgraciado Victor. Clava tu espada en su corazón. Estaré cerca, guiando tu mano.

Walton, continuando su relato.

26 de agosto de 17—.

334 María, has leído esta extraña y aterradora historia. ¿No te hace sentir escalofríos en la sangre, igual que a mí? Al escucharlo hablar se muestran todas sus emociones. Estaba triste, calmado, pero también con una gran necesidad de venganza.

Su relato es lógico y narrado con sentido de verdad. Aun así, debo admitir que, las cartas de Félix y Safie que me mostró, y el avistamiento del monstruo desde nuestro barco, me convencieron aún más. ¡Así que este monstruo realmente existe! No puedo dudarlo. Simplemente estoy asombrado y maravillado. A veces, intenté saber cómo Frankenstein creó esta criatura, pero él se negó a compartir cualquier detalle sobre ese tema.

335   "¿Estás loco, amigo mío?" dijo. "¿Hacia dónde te lleva esa curiosidad sin sentido? ¿Quieres crearte un enemigo demoníaco para ti y para el mundo? ¡Cálmate, cálmate! Escucha mis penas y no intentes empeorar las tuyas."

Frankenstein se enteró de que yo había escrito su historia: quería leerla y realizó algunos cambios y adiciones, especialmente en lo que respecta a las conversaciones que tuvo con su enemigo. "Ahora que has registrado mi historia", dijo, "no quiero que una versión incompleta se transmita a las generaciones futuras."

336   Ha pasado una semana y he escuchado el relato más extraño que jamás haya podido imaginar. Mis pensamientos y los sentimiento de mi alma se han consumido por el interés que tengo hacia mi invitado. Quiero reconfortarlo, pero él parece encontrar consuelo solamente en su soledad y confusión. En otras palabras, él cree que cuando sueña que habla con sus amigos encuentra consuelo o motivación para su venganza, no cree que son solo creaciones de su imaginación, sino que son seres reales de otro mundo. Es fascinante.

Nuestras conversaciones no siempre se centran en su historia y sus dificultades. Él tiene un conocimiento amplio de diversos temas y una comprensión rápida. Habla con fuerza y emoción, y no puedo evitar llorar cuando cuenta una historia triste o intenta evocar lástima o amor. ¡Debe haber sido una persona increíble cuando tenía éxito! Incluso en su caída, sigue siendo noble y notable. Parece comprender su propio valor y la magnitud de su trágico destino.

337   "Cuando era joven", comenzó, "creía que estaba destinado a algo grandioso. Pensaba que era incorrecto desperdiciar mi talento en una inútil tristeza cuando podía utilizarlo para ayudar a los demás. Cuando consideraba el trabajo que había realizado, no me veía como otro soñador común. Sin embargo, ahora este mismo pensamiento que antes me impulsaba solo me arrastra aún más hacia la desesperación. Todos mis planes y esperanzas se han reducido a nada. Desde temprana edad, estaba lleno de ambiciones elevadas y

grandes aspiraciones. ¡Pero oh, qué bajo he caído! Amigo mío, si me hubieras conocido en mi mejor momento, no creerías que soy la misma persona que ves ahora, despojada de toda gloria. La desesperanza rara vez invadía mi corazón. Sentía como si un destino superior me impulsara hacia adelante, hasta que caí y nunca pude volver a levantarme".

338   "¿Tendré que perder a esta maravillosa persona? Durante tanto tiempo he querido un amigo, alguien que me entienda y se preocupe por mí. Y ahora, aquí, en medio de la nada, he encontrado a esa persona. Pero temo que solo lo haya encontrado para darme cuenta de lo maravilloso que es y luego perderlo. Quiero ayudarlo a ver lo bueno de la vida, pero él rechaza esa idea."

339   "Gracias, Walton", dijo, "por ser amable con alguien tan miserable como yo. Pero cuando hablas de nuevas conexiones y sentimientos frescos, ¿crees que alguien puede reemplazar a quienes se han ido? ¿Puede alguien ser para mí lo que era Clerval, o puede alguna mujer ser otra Elizabeth? Incluso si los sentimientos no fueran increíblemente fuertes, los amigos que tuvimos en la infancia siempre tienen un cierto dominio en nuestra mente que casi ningún otro amigo nuevo puede sustituir. Ellos conocen cómo éramos cuando éramos pequeños, y aunque cambiemos a medida que crecemos, esas partes de nosotros nunca desaparecen por completo. Ellos pueden entender nuestras acciones y determinar si nuestras intenciones son buenas. Un hermano o una hermana nunca sospecharían que el otro es deshonesto a menos que haya señales tempranas, pero un nuevo amigo, por muy cercano que sea, a veces puede verse con sospecha. Pero tenía amigos que eran especiales no solo porque estábamos acostumbrados a la compañía del otro, sino por sus propias cualidades. Y sin importar dónde esté, siempre escucharé la reconfortante voz de Elizabeth y las conversaciones con Clerval en mi oído. Ya se han ido y en esa soledad solo hay una razón por la cual quiero seguir viviendo. Si yo estuviera involucrado en un proyecto grande e importante que ayudara a los demás, entonces podría vivir para completarlo. Pero eso no es lo que está destinado para mí.

Tengo que perseguir y matar a la criatura que creé y solo entonces se cumplirá mi propósito en la tierra, y podré morir".

2 de septiembre.

Querida hermana,

Te escribo en una situación de peligro, sin saber si volveré a ver Inglaterra y a los amigos que significan tanto para mí. Estoy rodeado de inmensas montañas de hielo que nos atrapan y podrían aplastar nuestro barco en cualquier momento. Los valientes hombres que accedieron a acompañarme buscan ayuda en mí, pero no tengo nada que ofrecerles. Nuestra situación es muy aterradora, pero aún conservo el valor y la esperanza. Es difícil pensar que las vidas de todos estos hombres están en peligro debido a mí. Si perecemos, será por mis planes insensatos.

Y tú, ¿qué estarás pensando, Margaret? Espero que nunca tengas que recibir la noticia de mi muerte y que esperes ansiosa mi regreso. Pasarán los años y sentirás desesperación pero aún mantendrás la esperanza. Oh, querida hermana, el pensamiento de que te decepciones y pierdas la esperanza me duele más que mi propia muerte. Pero tú tienes un esposo e hijos maravillosos, así que puedes ser feliz. ¡Que el cielo te bendiga y te traiga felicidad!

Mi invitado, quien también es desafortunado como yo, me mira con gran amabilidad. Intenta darme esperanza y habla como si la vida tuviera algún valor. Me cuenta historias de otros marineros que enfrentaron accidentes similares en este mar y lograron salir adelante. A pesar de mí mismo, él me llena de pensamientos positivos. Incluso los marineros se inspiran con sus palabras. Cuando habla, dejan de sentir desesperanza. Él los motiva. Sin embargo, estos sentimientos no duran mucho. Cada día que esperamos en la incertidumbre, el miedo comienza a aparecer y temo que pueda surgir un motín causado por la desesperación.

5 de septiembre.

Algo realmente interesante acaba de suceder y aunque es muy probable que no puedas leerlo, no puedo dejar de escribirlo.

Aún estamos rodeados de imponentes montañas de hielo y existe un gran riesgo de que nuestro barco sea aplastado. Hace un frío extremo y muchos de mis pobres amigos están enfermos. Sus ojos todavía muestran signos de fiebre, y están exhaustos. Cuando intentanhacer algo, rápidamente se debilitan y vuelven a quedarse sin vida.

342 En mi última carta, te hablé de mis preocupaciones sobre un posible motín. Esta mañana, algo inesperado sucedió. Estaba sentado con mi amigo, quien lucía muy débil y cansado, cuando un grupo de marineros llegó a mi camarote. Habían sido elegidos para hablarme en nombre de los demás marineros. Estaban preocupados de que si nos liberabamos del hielo y teníamos la oportunidad de escapar, yo pudiera continuar nuestra arriesgada travesía en lugar de dirigirnos hacia el sur, hacia la seguridad. Querían que prometiera que si nos liberabamos, cambiaría inmediatamente nuestro rumbo hacia el sur.

Esta solicitud me preocupó. No había perdido la esperanza y no había pensado en dar marcha atrás si nos liberabamos. Pero ¿podría realmente negarme a su demanda? No podía decidir en ese preciso momento. Justo cuando estaba dudando, Frankenstein, quien había estado callado y débil, de repente habló con determinación y energía. Volviéndose hacia los marineros, dijo-

343 "¿Qué quieren decir? ¿Qué desean de su capitán? ¿Tan fácilmente cambian sus planes? ¿Acaso no llamaron gloriosa a esta expedición? ¿Y por qué fue gloriosa? No porque el viaje fuera tranquilo y calmado como un mar cálido, sino porque estuvo lleno de peligros y terror. Cada nuevo desafío requería su fuerza y valentía. Tuvieron que enfrentar el peligro y la muerte y superarlos. Eso es lo que la hizo gloriosa, eso es lo que la hizo una misión honorable. Se suponía que serían admirados como héroes, hombres que desafiaron a la muerte por el honor y el bien de la humanidad. Pero ahora, al primer signo de peligro, o si prefieren, la primera gran prueba de su valentía, retroceden y se conforman con ser conocidos como hombres que no pudieron soportar el frío y el peligro. Así que, pobres almas, sintieron un escalofrío y volvieron a sus cálidos hogares. Bueno, no era nece-

sario todo esto. No tuvieron que llegar tan lejos y llevar a su capitán a la vergüenza de la derrota solo para probar que son cobardes. ¡Oh, sed hombres, o incluso mejores que hombres! Manténganse fieles a sus objetivos y sean fuertes como una roca. Este hielo no es tan fuerte como sus corazones. Puede cambiar, y no resistirá si deciden que no lo hará. No regresen a sus familias con la vergüenza del fracaso en sus rostros. Regresen como héroes que lucharon, conquistaron, y nunca le dieron la espalda al enemigo".

Con una voz que expresaba diferentes emociones a lo largo de su discurso y unos ojos llenos de grandes planes y valentía, habló. ¿Puedes entender por qué estos hombres se conmovieron? Se miraron entre sí y no pudieron responder. Hablé y les dije que regresaran y pensaran en lo que se había dicho. Les dije que no los lideraría más al norte si estaban en desacuerdo, pero esperaba que con algo de tiempo para reflexionar, su valentía regresara.

Se fueron, y me volví hacia mi amigo, pero él estaba débil y cerca de la muerte.

No sé cómo esto terminará, pero preferiría morir antes que regresar vergonzosamente sin completar mi misión. Aunque temo que ese sea mi destino. Los hombres, sin la idea de la gloria y el honor para sostenerlos, ya no pueden soportar sus penurias.

7 de septiembre.

Está decidido; he acordado regresar, si no somos destruidos. Mis esperanzas han sido destrozadas por la cobardía y la indecisión. Regreso ignorante y decepcionado. Necesito más fuerza de la que tengo para manejar esta injusticia con paciencia.

12 de septiembre.

Ya está hecho; regreso a Inglaterra. He perdido mis sueños de ayudar a otros y de alcanzar la gloria. He perdido a mi amigo. Pero intentaré explicarte todos estos dolorosos detalles, querida hermana. Mientras navego hacia Inglaterra y hacia ti, no perderé la esperanza.

September 9th, el hielo comenzó a moverse y se escucharon estruendos fuertes como truenos mientras las islas se resquebrajaban en todas direcciones. Estábamos en gran peligro, pero como no podíamos hacer nada al respecto, me centré en mi desdichado invitado, cuya enfermedad empeoraba y tuvo que quedarse en cama. El hielo se resquebrajó detrás de nosotros y fue empujado con fuerza hacia el norte. Una brisa llegó desde el oeste y el día 11, el camino hacia el sur quedó completamente despejado. Cuando los marineros vieron esto y se dieron cuenta de que iban de regreso a casa, gritaron con entusiasmo y alegría durante mucho tiempo. Frankenstein se despertó de su siesta y preguntó por qué hacían tanto ruido. "Están gritando", le dije, "porque pronto volverán a Inglaterra".

"¿Realmente planeas regresar también?"

"Desafortunadamente, sí. No puedo negarme a su petición. No puedo llevarlos hacia el peligro en contra de su voluntad, así que tengo que regresar".

"Si eso es lo que quieres, adelante. Pero yo no lo haré. No puedo renunciar a mi propósito. El Cielo me lo ha dado y no puedo ignorarlo. Puede que sea débil, pero creo que los espíritus que me ayudan a buscar venganza me darán la suficiente fuerza." Trató de levantarse de la cama, pero fue demasiado para él. Se desplomó y perdió el conocimiento.

346   Tomó un tiempo antes de que mejorara; pensé que estaba muerto. Finalmente, abrió los ojos, pero no podía respirar ni hablar fácilmente. El médico le dio algo de medicina para ayudarlo a calmarse y nos dijo que lo dejáramos solo. El médico también dijo que a mi amigo no le quedaba mucho tiempo de vida.

347   Se le había impuesto su castigo, y yo solo podía sentirme triste y paciente. Me senté junto a su cama, mirándolo. Tenía los ojos cerrados, y pensé que estaba durmiendo. Pero luego, me llamó con una voz débil y me pidió que me acercara. Dijo: "¡Oh no! La fuerza en la que confiaba se ha ido. Siento que voy a morir pronto, y mi enemigo, aquel que me atormentaba, podría seguir vivo. Por favor, no creas, Walton, que en mis últimos momentos siento ese ardiente odio y deseo intenso de venganza que solía tener. Pero sí siento que es justificado desear la muerte de mi enemigo. Estos últimos días, he estado reflexionando sobre mis acciones pasadas y no las considero

culposas. En un momento de loco entusiasmo, creé un ser pensante y asumí la responsabilidad de asegurar su felicidad y bienestar en la medida de lo posible. Ese era mi deber, pero había otro deber aún más importante. Mi deber hacia otros seres humanos era más fuerte y mi atención sobre si ellos experimentaban felicidad odesgracia. Con eso en mente, me negué a crear unacompañera para la primera criatura. Él mostró una maldad y egoísmo sin igual. Destruyó a mis amigos y sentenció a muerte a los seres que tenían la capacidad de sentir alegría, felicidad y sabiduría. Y no tengo idea de dónde terminará esta sed de venganza. Él debe morir para no hacer sufrir a nadie más. Era mi deber destruirlo, pero he fallado. Cuando me guiaban motivos egoístas y malvados, te pedí que continuaras mi trabajo inacabado. Y ahora, cuando me guío por la razón y la virtud, te lo vuelvo a pedir."

Pero no puedo pedirte que abandones tu país y tus amigos para completar esta tarea. Y ahora que estás regresando a Inglaterra, es poco probable que tengas la oportunidad de encontrarlo. Pero te dejo a ti considerar estas cosas y sopesar lo que creas que son tus responsabilidades. Mis pensamientos y juicio ya están nublados por la inminente llegada de la muerte. No puedo pedirte que hagas lo que creo que es correcto porque aún podrían influenciarme mis emociones.

El hecho de que él pueda seguir causando daño me preocupa. ¡Adiós, Walton! Encuentra la felicidad en la paz y evita la ambición, incluso si es para destacarte en la ciencia y los descubrimientos. Aunque, ¿por qué digo esto? Mis propias esperanzas en estas búsquedas han sido destruidas, pero alguien más podría tener éxito.

Su voz se debilitó y luego se quedó en silencio. Aproximadamente treinta minutos después, intentó hablar de nuevo pero no pudo. Apretó débilmente mi mano y sus ojos se cerraron para siempre.

Margaret, no sé qué decirte sobre la repentina pérdida de esta persona asombrosa. ¿Cómo puedo expresar la profundidad de mi tristeza? Ninguna palabra parece ser suficiente. Estoy llorando y me siento abrumado por la decepción. Pero estoy en camino a Inglaterra, donde espero encontrar algo de consuelo.

Espera, algo me está interrumpiendo. ¿Qué podrían significar estos sonidos? Es medianoche y el viento sopla suavemente. La tripulación en cubierta apenas se mueve. Lo escucho de nuevo, una voz que suena humana pero más ronca. Viene desde la cabina donde están los restos de Frankenstein. Tengo que levantarme y comprobarlo. Buenas noches, hermana mía.

¡Dios mío! ¡Algo increíble acaba de suceder! Todavía me siento mareado pensando en ello. No estoy seguro de si puedo describirlo siquiera, pero esta historia no estaría completa sin este final increíble.

350 Entré en la cabina donde yacían los restos de mi desafortunado y extraordinario amigo. Encima de él había algo que no encuentro las palabras adecuadas para describir; era enorme pero parecía extraño y distorsionado. Mientras se inclinaba sobre el ataúd, su rostro estaba oculto por un largo y enredado cabello. Pero una de sus manos era enorme y parecía tener el color y la textura de una momia. Cuando me escuchó acercarme, dejó de emitir gritos de dolor y miedo, y rápidamente se movió hacia la ventana. Nunca antes había visto un rostro tan aterrador y repugnante. Era repulsivo, pero también terriblemente horripilante. Instintivamente cerré los ojos e intenté recordar qué debía hacer en presencia de este monstruo. Le llamé para que se detuviera.

Hizo una pausa y me miró con asombro. Luego, se volvió hacia el cuerpo sin vida de su creador y pareció olvidar que yo estaba allí. Cada expresión y movimiento mostraba que estaba consumido por una rabia salvaje, más allá de su control.

"¡Él también es mi víctima!" exclamó. "Su asesinato completa mis crímenes. ¡La miserable existencia que he vivido está llegando a su fin! ¡Oh, Frankenstein! ¡Fuiste amable y te sacrificaste por los demás! ¿De qué sirve ahora que te pida perdón? Te destruí por completo al arrebatarte todo lo que amabas. ¡Ay! Él está frío y no puede responderme."

351 Su voz sonaba ahogada, y mis instintos iniciales de conceder a mi amigo su último deseo destruyendo a su enemigo se detuvieron

debido a una mezcla de curiosidad y compasión. Me acerqué a este ser enorme, demasiado temeroso para mirar su rostro. Intenté hablar, pero no pude. El monstruo seguía divagando, diciendo cosas que no tenían sentido. Finalmente, reuní el valor para dirigirme a él durante una breve pausa en su tormenta de emociones. "Tu arrepentimiento", dije, "es innecesario ahora. Si hubieras escuchado tu conciencia y no te hubieras dejado llevar por tanta maldad, Frankenstein seguiría vivo".

"¿Y crees", dijo el monstruo, "que no debía sentir agonía y remordimiento en aquel entonces? Él", señaló al cuerpo sin vida, "no sufrió tanto como yo. ¿Crees que encontré placer en oír los gritos de dolor de Clerval? Estaba destinado a sentir amor y empatía, pero cuando la desgracia me llevó al odio, el cambio me causó un tormento inimaginable".

352   "Después de que asesiné a Clerval, regresé a Suiza sintiéndome aplastado y agobiado. Sentí lástima por Frankenstein, pero ese sentimiento se convirtió en horror. Me odiaba a mí mismo. Pero cuando descubrí que Frankenstein, aquel que me dio existencia y me causó un sufrimiento inimaginable, se atrevía a esperar felicidad mientras yo acumulaba más miseria y desesperación, me llené de envidia y rabia. Quería venganza más que cualquier otra cosa. Recordé mi promesa y decidí hacerla realidad. Sabía que buscar venganza solo me traería más dolor, pero no pude resistir el impulso. ¡Pero cuando ella murió! Bueno, no estaba triste entonces. Me había anestesiado de todas las emociones, cediendo completamente a mi desesperación. El mal se convirtió en mi propósito. Una vez que había comenzado por este camino, no podía dar marcha atrás. Completar mi plan de venganza se convirtió en una obsesión que lo consumía todo. ¡Y ahora está hecho; él fue mi última víctima!"

353   Al principio, sentí pena al ver lo desdichado que lucía. Pero luego recordé lo que Frankenstein me había dicho acerca de su capacidad para hablar persuasivamente. Y cuando vi a mi amigo yacendo sin vida, no pude evitar sentir ira nuevamente. Le dije: "¡Eres una persona terrible! Es conveniente para ti venir aquí y quejarte de la

devastación que causaste. Prendes fuego a un grupo de edificios y cuando se queman, te sientas entre las ruinas y lloras. ¡Eres un monstruo hipócrita! Si la persona de la que te lamentas todavía estuviera viva, seguiría siendo tu objetivo, tu maldita venganza. No sientes pena; solo te afliges porque la persona a la que querías hacer daño te ha sido arrebatada".

354   "No es así, para nada", interrumpió la criatura. "Pero entiendo que puedas pensar así según mis acciones. No espero que sientas pena por mí ni comprendas mi sufrimiento. Cuando buscaba comprensión por primera vez, era porque quería compartir el amor y la bondad que me llenaban de felicidad. Pero ahora, la bondad parece un recuerdo lejano y la felicidad se ha convertido en amargura y desesperación. Entonces, ¿por qué buscaría aún simpatía? Estoy de acuerdo en sufrir por el tiempo que dure. Cuando muera, estoy de acuerdo con que me recuerden con asco y vergüenza. Solía soñar con llevar una vida virtuosa, ganar fama y encontrar alegría. Solía esperar que hubiera personas que pudieran ver más allá de mi apariencia y apreciar las buenas cualidades que tenía. Tenía ambiciones elevadas de honor y devoción. Pero ahora, mis crímenes me han reducido a ser menos que el animal más vil. No hay culpa, daño, malicia o miseria que se pueda comparar con la mía. Cuando reflexiono sobre la horrible lista de mis fechorías, es difícil creer que soy la misma persona que una vez tuvo hermosas visiones de bondad. Pero es verdad; me he convertido en un diablo malvado, al igual que ese ángel caído. Aún así, incluso ese enemigo de Dios y la humanidad tenía amigos y compañeros durante su soledad. Yo estoy completamente solo".

355   "Tú, que consideras a Frankenstein como tu amigo, pareces saber sobre las cosas malas que hice y las desgracias que enfrentó por mi culpa. Pero, en lo que te explicó, no pudo capturar completamente los meses y horas de miseria que soporté, consumiéndome en mi ira impotente. Aunque aplasté sus sueños, no quedé satisfecho con lo que hice. Siempre anhelé amor y compañía, pero aún así fui rechazado. ¿No es injusto? ¿Soy el único culpable cuando todos en el mundo

me trataron mal? ¿Por qué no odias a Felix, quien expulsó a su amigo de manera cruel? ¿Por qué no desprecias al campesino que quería hacerle daño al salvador a su hija? No, ellos son gente buena e inocente. Yo, en cambio, soy miserable y rechazado. Soy considerado como algo inútil y sin importancia, que debe ser para ser desechado, pateado y pisoteado. Incluso ahora, me enfado cuando pienso en lo injusto que fue todo eso".

356 Pero es verdad que soy una persona terrible. He matado a personas inocentes y desamparadas. He estrangulado a alguien que nunca me hizo daño a mí ni a nadie más. He causado un gran sufrimiento a mi creador, que representa todo lo que es bueno y merecedor de amor. Los he perseguido sin descanso hasta que encontraron una muerte prematura. Ahora yacen inmóviles y sin vida. Me desprecias, pero tu odio no puede compararse con lo que yo siento por mí mismo. Veo las manos que cometieron estos actos terribles y pienso en el corazón que los imaginó. Anhelo el día en el que ya no pueda ver esas manos y en el que esos pensamientos terribles ya no atormenten más mi mente.

357 "No te preocupes de que cause más daño en el futuro. Mi tarea está casi terminada. No necesito que nadie, incluyéndote a ti, muera para poder cumplir mi propósito. Pero sí necesito poner fin a mi propia vida. Planeo dejar tu barco en la balsa helada que me trajo hasta aquí y viajar al punto más lejano del Polo Norte. Allí, recolectaré madera para una pira funeraria y quemaré este miserable cuerpo hasta convertirlo en cenizas. No quiero que nadie, especialmente aquellos con intenciones retorcidas, utilicen mis restos para crear otro monstruo como yo. Moriré. No tendré que soportar la agonía que me atormenta ahora ni sufrir por deseos insatisfechos. La persona que me dio vida ya está muerta y una vez que me haya ido, nadie nos recordará. Ya no veré el sol, las estrellas ni sentiré el viento en mi rostro. La luz, la sensación y los sentidos se desvanecerán por completo, y así encontraré mi felicidad. Hace años, cuando experimenté por primera vez las maravillas de este mundo, cuando sentí el calor del verano, escuché el susurro de las hojas y las hermosas

canciones de los pájaros, esas cosas significaban todo para mí y habría llorado ante la idea de morir. Pero ahora, es la única tranquilidad que tengo. Estoy manchado por mis terribles actos y consumido por una culpa abrumadora. La muerte es la única forma en que puedo encontrar la paz."

"¡Adiós! Te estoy dejando y tú eres la última persona que veré. ¡Adiós, Frankenstein! Si aún estuvieras vivo y albergaras deseos de venganza contra mí, sería mejor satisfacerlos mientras estoy vivo en lugar de en mi destrucción. Aunque sientas que fuiste arruinado, mi agonía superó la tuya. El agudo dolor del remordimiento continuará para siempre.

"Pero pronto", dijo, "moriré y las cosas que siento ahora dejarán de sentirse. Estas intensas desgracias llegarán a su fin. Mis cenizas serán llevadas al mar por el viento. Mi espíritu descansará en paz y si piensa, no pensará seguramente así. ¡Adiós!"

Mientras decía esto, saltó por la ventana de la cabaña a la balsa de hielo que estaba cerca del barco. Fue rápidamente llevado por las olas y desapareció en la oscuridad y la distancia.

FIN.